母亲

吉狄马加 题

舒洁 著

广西师范大学出版社
GUANGXI NORMAL UNIVERSITY PRESS

·桂林·

母亲
MUQIN

出版统筹：罗财勇
编辑总监：余慧敏
责任编辑：花　昀
助理编辑：廖生慧　朱筱婷
封面题签：吉狄马加
责任技编：姚以轩
封面设计：@吾然设计工作室

图书在版编目（CIP）数据

母亲 / 舒洁著. --桂林：广西师范大学出版社，
2021.6
　　ISBN 978-7-5598-3615-1

Ⅰ．①母… Ⅱ．①舒… Ⅲ．①诗集－中国－当代
Ⅳ．①I227

中国版本图书馆 CIP 数据核字（2021）第 023304 号

广西师范大学出版社出版发行

（广西桂林市五里店路 9 号　邮政编码：541004）
网址：http://www.bbtpress.com
出版人：黄轩庄
全国新华书店经销
广西广大印务有限责任公司印刷
（桂林市临桂区秧塘工业园西城大道北侧广西师范大学出版社
集团有限公司创意产业园内　邮政编码：541199）
开本：787 mm × 1 092 mm　　1/32
印张：11.25　　　字数：170 千
2021 年 6 月第 1 版　　2021 年 6 月第 1 次印刷
定价：68.00 元

生我的人啊
你活在这里，你是我的尊严
是引领我的经幡
让我热爱永恒的风
感知你的叮咛

苍苍横翠微

李敬泽

那天，舒洁兄告我，他完成了长诗《母亲》，托我写一篇序。

由那时起到今日，已将近两年。疫情之下，诸事无定，《母亲》的出版一再延宕。我为《母亲》写的序也拖到了今日，在我的拖稿史上创了一个纪录，但这另有缘故，与出版无关。

事先不曾想到，为《母亲》写几句话竟如此艰难。这两年里，几次从文档中找出《母亲》，从头再读，想把那篇早就应下的序写出来。但读着读着，便觉天苍苍、野茫茫，中心如噎，此生、命里的无边事、无数话被这诗放了出来，漫天飞雪无从收束，不能成文。几次如此，开个头，废然而止。

我曾力图作为一个"批评家"超然地谈论这部

《母亲》。比如，这是一部如此浩大的抒情长诗，作为长诗，它竟基本上不诉诸叙事，而纯任抒情，它是草原上的长歌长调，如此悠扬，如此饱满，这情感的长河是诗的奇观。

我还可以说，这部现代的抒情诗，竟是一次漫长的祈祷——这种"祈祷"的姿态呈现了与现代诗歌传统的某种断裂。这个抒情主体，他为自己确定一种低伏的位置，对着母亲、对着天地低伏，他是如此有限，唯其有限，他浪于大化，领会无限。如果说，现代新诗的抒情正脉在于主体的发明，《母亲》却是回到了中国抒情的隐秘根基——那不过是天地间、生死间，人的缠绵悱恻、无名无主的感叹。敬文东先生曾说中国诗学是感叹诗学，《母亲》的诗学也是感叹，感叹而祈祷。

我还可以说，在这首长诗中，我明确地感受到舒洁作为蒙古人的热血。蒙古人的声音，它的调性和速度、它的力量和宽阔有力地进入汉语，由此再度证明，作为一个伟大的共同体，少数民族的声音和书写对于汉语至关重要。

我还可以说，这是一部现代的《奥德赛》——

请不要拒绝比较，在比较中，我们才能知道我们何以是我们。和《奥德赛》一样，《母亲》终究也是还乡，也是人在大地上的流浪。对奥德修斯来说，游子不能还乡，或由于卡吕普索的挽留或由于海妖塞壬的歌声，这都是此时此刻的此在的诱惑，由此，《浮士德》其实已经隐伏于《奥德赛》。"如果我对某一瞬间说：停一停吧，你真美丽！"这时，浮士德博士是另一个奥德修斯，那个最终拒绝还乡的人。而在《母亲》中，每一个瞬间都是此在，也是还乡，"胡马依北风，越鸟巢南枝"。它确认流离——如同确认我们之出生——同时，以长久的遥望、依恋和倾诉重建自己的内在根性。所以，这必定是抒情的，不是叙事的；它是情感的流溢，不是行动的戏剧。

……

但是，我无法深入地谈论这些话题。固然是因为，我只是一个普通读者，我并没有做出分析和判断的充分的知识准备和诗学修养——每次谈诗，我都要隆重强调这一点，这是坦诚地道出实情，也是为了防御，这是卑微的空城计，尽管并没有人真想攻进我的城池。

但更重要的是，我无法仅仅把《母亲》当作一部别人的作品。舒洁在歌咏他的母亲，但是，他的诗让我想起我的母亲。

——这才是困难所在。几年来，我一直想为我的母亲写些什么，但最终没有写出。我发现这是困难的艰难的，我有无穷的话要说，但我无话可说，或者，任何言说都是无力的，都觉得，还有更要紧、更根本的话无从说出。母亲是我们生命中的自然和根本，以至于，我们其实无力深究，找不到触及自然和根本的语言。

或许吧，终有一日我能写出来，写出我的母亲。但是，也可能，我永远不会写，把一切留在文字之前，珍存于沉默和遥望。

正是因此，我对舒洁的《母亲》深怀敬畏。我知道，这有多难，舒洁其实是经历了一次生命内部的"奥德赛"，这巨人般的儿子，历尽艰险，寻找自己的母亲。

对此，作为读者，作为一个为人子者，我满怀感激。很多次，面对离去的母亲，我只是想起一句诗：却顾所来径，苍苍横翠微。现在，几次重读《母亲》，我想，有这样一个诗人，他竟写了翠微之诗。他的诗是我们的诗，他的母亲是我们的母亲。

2021 年 4 月清明初稿

4 月 12 日改定于北京

目 录

序　诗

母亲，如今你在一叶草上
你停留，是清露，也是阳光

如今你在北地飞雪中
你不再赶路，你静卧如石
但气息贯通

如今你身在天堂
心在故乡，我是你的一滴泪水
你的小小的忧伤

第一章　遥　念

"你是我最初的圣地
如今是我最亮的泪滴"

对于我，今天不是你的节日
是相隔生死，这可以感知
一枝花儿复活遥远的春天
但你遗弃了我，母亲
我是脱离了大山之怀的沙粒

你平易神圣的气息
最终变得那么微弱，最终
你失踪于如此广大的人间
你安眠于土，我沉迷于路
母亲！因为你，我才被称为人子
你让我懂得无尽的相思
也有灵动的翅膀
飞在寂寞的天空

如今
那些有福的人都有母亲
哪怕身在天涯，他们
也有奔赴的理由
母亲！你是世间最伟大的宗教
是圣殿，透着光辉与仁慈

"要从这条路上走下去
走在一个心愿中
要时刻感觉到那种存在
那是注视，像远山，像天宇
有时像一匹蒙古马
奔过寂静的黄昏"

我呢
已是你的弃儿
常常想你是云，但隔着虚无
最后，在每一年清明
有时在雨中，母亲
我痛苦确认：你是小小的冢

与我隔着厚厚的土

你是听不见的
我在为你唱一首颂歌
母亲，生死之距离，要多近有多近
说遥远是永远

我是你独立的江山
也是宇宙，我的每一缕思绪
都是无形的风

母亲
你去，我悲！感念人类
在血脉的流动中凝望黎明
你静，我痛！漫漫黑夜
我独醒，你独行

"圣歌出现了
新的预言诞生于北地
北地有鹰迹"

我遥念孕育之腹

那是我的另一个宇宙，我的舟

母亲！我的伟大慈悲的河流

再也不能搀扶你

我的不幸的双手！母亲

再也不能接住你递来的食物

在这人间，我十指下垂

感激你长眠的土

我只能告诉天地

我已经永远失去了你！母亲

天宇浩瀚，你在一隅

在我的手足之间，我的心灵

时时感觉到那种存在

有一种声音说：那是永恒

"将一些信物珍藏起来

留住先人的指纹和体温

总有一天会需要这种密码

开启尘封之门"

今夜，我如此缓慢地接近一条道路
我不能惊扰你，母亲
你的幻象消失
路就消失

我如此缓慢地
让心境与怀念吻合，就在此刻
我所面对的南部山河
不仅仅属于夜色
它也属于我

母亲！你在五月的北地，在高地
很快，那里就完全绿了
是这样的距离让夜色成海
让泅渡的魂灵沉浮
让某一点光明成为你的昭示

母亲
我怀念繁花似锦的童年
这非常简单，你是我的最美的春天

我如此缓慢地让记忆回返
我寻找灯前，那个小小的我
母亲！我寻找像树一样的你
每回眸一次，你就复活一次
漫长之旅就明天一次

"那很远吗？
那里有没有灯光明亮的节日？
有没有松柏？黄金般的稻田
是否也有年老的捕鱼者
沿河寻找沉没的古船？"

今夜
我为拥有生母的人祈福
我为亡失母亲的人祈福
作为后者，母亲
我思绪缓慢的形态就如圣河
你啊，永远端坐天边

这是永远的距离

除了梦境，一寸都无法缩短
母亲！你，给了我一切的人
没有将一切带走。后来
无水的河道成为人类的哀愁

幻象
仿佛还有神秘的声音，与水相关
我们，母亲的儿女
曾经活在她的指尖

"梦也有故乡
它来源于一个无尽的境地
还原一些真实，那不仅仅是幻象
在某种艰难的接近里
人会惊醒！！那一刻
人，是多么热爱光明"

我是说爱抚啊
她托着母乳喂养我
她抚着我们入睡，她为我们洗净身体
也为我们拭去泪水

后来
她就伸出手指，让我们看清一个方向
母亲，是的
在夜海尽头
你端坐的地方

年轻一代的母亲们
你们，通过爱抚的指尖承袭了什么
你们，累着，苦着
在不远的前方看见了什么

我是人子
我曾经像一棵麦子
母亲是水，父亲是土；我曾经
在某个暗夜的梦魇中大声呼唤母亲
母亲的指尖伸来，在那一刻
就是神灵与拯救

"只有天雨和大地上的净水
才能拯救荒芜

恩惠啊！总是令人感动"

人啊
活于世间，你得承认灵犀一点
这与指尖无关
一点，就是怀念

你得承认
故去的母亲柔美依旧，就在
夜海的尽头
她充满暗示的影子
依然在高处，那是永恒的注视
我们面对，需要心怀崇敬

我所选择的开始
在颂诗的首行，真的忽视所谓节日
母亲！我已痛失你
每年清明，你都让我的故乡
在无雨有雨的苍茫中
将我置于无助的境地
母亲！你已远去

"这不可预知

夜深时分，阅读天象的智者似乎想说什么

一条小河，从他的身旁无声流过"

我与你

永失语言约期，只有两颗心

我的，你的，你给我的

我的血液和骨肉

才可以感觉你！母亲

这是我们走也走不出的轮回天定

一点灵犀

一星飞着的火

突然熄灭于大地

我与你

经历漫长神秘的时光

在此生成为母与子，我是你的儿子

我知道，今天，你活在我的眉宇之间

你活在我的血液中，你叫怀念

已经还原为小小的圣婴

非常小
母亲，对你，我只能想象
你已经是我最亲最近最远的边疆

我感激你的基因
我的双眼，眉宇，我的敏感的心
我的对美的热爱与仰视
无不源于你。是啊，母亲
还有笑容，我的对世间融入的方式
这一切都可以证明
你活着！但你不语

"在栅栏那边
那边，异常遥远，就如在星光那边
在人间，白雪融化，水滴屋檐
风铃响了，三岁的天使手指飞鸟
她跑着，回头看了一眼
说出神的语言"

所以

母亲，我常常体味某种孤单

它深入我的骨髓

它那么接近你！它摇曳

是无毒的罂粟

嗯

母亲！不能不说我的肌肤

它是你的赐予

在你棉一样的遗存里

它的每一个毛孔都珍藏一句言语

在风里雨里，母亲

它是你闪耀光泽的江山

母亲

你泥土般本色的气质

浸润我，你如水的指尖

告诉我爱与艰难

你说恒久的幸福在过程里

耕种除草，松土浇灌

剪出枝蔓，让红色的果实

在阳光中昂起尊严的头
即使成熟跌落
即使走入冬天
也不惧严寒

"那是美丽的早晨
太阳跃出东山，照耀河流大地
照耀雪，反射奇异的光
牧羊人出发，他赶着羊群走向河岸
那里有裸露的干草
在风中摇曳"

后来
母亲！你就老啦，你寡语
你小心翼翼
在灯下，我偶然看见你松弛的双乳
我看见你的神情
那么无助

母亲！你啊
将最美丽的饱满给了我

我贪婪吮吸，你睫毛低垂
哄我入睡

许久以后
在所谓异乡，我将目光
投向你的安眠之地
那么静啊！母亲
那么荒芜！那么肃穆
人间痛楚，该如何倾诉

"塞外
众神起居的地方，一种歌唱
持续了千年，千年不变的牧途
千年不变的耕种
古老习俗的花朵开放在时间深处
千年之约，晚霞朝露"

回望岁月苍茫
母亲！你带着我，在你平安的宇宙
行走了十个月，你走，我就走
你哭，我就哭

我在你的羊水里浸润了十个月
那是你的，也是我的海洋
因为平安幸福
在那个过程
我闭着眼睛

后来
母亲！我初识天地与风
我总是熟睡，在摇篮，在你的臂弯
我梦归你的海
那是一种荡漾，那是
我再也无法唤回的大福

后来
在你的指尖下，爱抚里
当我思慕近旁的亲情
与遥远的山河时
我还是习惯于闭上眼睛
母亲！闭上眼睛
我才能看见奇异之花

母亲啊

我不会否认，后来

我第一次拥吻一个女子

那个让我再次体味母性的人

我依然闭着眼睛，我感觉飞

那一刻，我彻底遗忘了世间人类

"那个向北地以北远行的人是谁

在人间，是否有人为他落泪？"

母亲

后来，我就远离你了

远离你，仿佛有一万个理由

你曾对我说：你到哪里

我就看哪里的天气

北京、上海、广州、海口

你这是跟着我游历啦

不是游历山河，是关注你的儿子

你的迷恋路途的儿子

把自己交给了未知

有时，我也回乡
我守在你身旁的时间那么少
近在咫尺，你也在盼望
母亲！你的心愿那么简单
你盼我回来，你说，你回来
回家吃顿饭吧！我呢
离开你的海，把自己给了
无边无际陌生的海
我彻底忽视了，对于母亲
我不是可有可无的存在
我是你的儿子！你的未来

后来
我想一想就痛彻心扉
与你近在咫尺的日子啊
我未能守住你！我把自己给了外面
给了他人与杂事
唯独冷落了你
我的无可替代的圣殿

"错过了，就无法补救
那就告诉春天吧！在曾经的季节里
那个向北而行的人
再也没有回来"

母亲
我属于你，你才是我的宇宙
我活在你光明的照耀里
活在你死亡的阴影中
这是完整，亦如河之两岸

我活在青草泛绿的蒙古高原
在六月仰望群山雪线
暖坡上走着羊群

你关上一扇门
同时开启一扇门，就像一个迷宫
就像高原的严冬到了
午夜里突然传来一阵雁鸣

你的手

母亲，你的深藏密语的手
主宰我！让我在一线碧空里
看见疾飞的风

对于我
没有比死亡更深的远别
你离去，你没有挥手就告别了人间
你去往厚重云层的上面
你的白发开始变黑
你在那里获得新生
你依然那么美丽，你依然是
一个古老家族深深宠爱的牧羊女

不必想象
母亲！总有一天，你会指给我
一条被光明推升的通道
穿越云层，也穿越璀璨的星海
我会回到你的身旁
那时，我就穿越了阴郁悲痛

"是极光之地

那个人躲开大路，他在河水里洗净双手
试图捧住什么
那一刻，仿佛整个世界都静着
好像在等待什么
有人在远方歌唱黎明"

母亲
你给了我生命，我要好好走过
你给我的路

在我身前身后都不见你的身影
曾经有你的日子
夏天一样宜人的日子
跟随你远去

从此，在这个世界
对于我，所有的地方都是异乡
没有你，我就是一个
丢失了珍贵心情的人

走过十万里山河

想念你的一颗泪水，它闪耀
在伟大的静处，在青草家族
它是我的指引，若我到达沙海
它就是我的梦

我可以抗拒一切
但是，我无法抗拒你的目光
你的目光穿透所谓死亡
在天上，也在地上
你的目光，在蒙古东南部
累积为土层，被净水托举
那是你留给我的语言
母亲，那是我一再行路的理由

我不否认
你再也不会回答我了！母亲
我懂得伴随；我懂得
在山海原野之间
你永恒的气息就是风
时时刻刻呼唤我的乳名

"不要问他留下了什么
除了箴言，他甚至没有留下名字
还有道路，那不可折叠的远途
都承载了什么？在这辽远的大地上
都有哪些人，在什么时刻
留下了声音和印痕？"

母亲
我会给你留一片净地
看你守望，看你养花草
让你在我的记忆中活下去
而我，在每一个入梦的夜晚
都会回到夏天与童年

我会将年轻的岁月给你
在我的诗里，在我的怀念里
时刻感觉你的呼吸
让你在父亲的注视里保持美丽
而我，每每听到牧歌
就会追踪高原上的羊群
那点点洁白，最美的音符

属于你！母亲

你仍是最美的牧羊女

如今

我痛失你！母亲

我已成游子，我的世界里

飘扬你精神的旗帜，它色彩蔚蓝

像我一再阅读的远空

也如故园之湖

而我，在路途，我是你

渴望破解生死隐秘的儿子

我相信每一滴雨是你

每一粒米是你，每一片云是你

每一阵风是你

我每一声叹息，每一次凝望

你都在近旁

但是，你不再歌唱

"入夜

树冠上的光明没有消散

树下阴影浓重，时间
在人语隐伏的时刻呈现
迷醉极光的人还在路上
他已经看到灿烂的光芒"

因为这片净地
母亲，你不会越走越远
是我在走，在人间，在随处
都是岔路的人间，你引领我
这向善的路，这没有尽头的路

在我为你留下的净地上
你微笑，你美丽如初
有时，你坐在草坡
面对高原五月飘雪，你飞舞的黑发
在风中变为琴弦
让我听到牧歌
与天地之诉

在深处
大马群就要出现，那是天边

母亲，你已经见证一个古老的部族

以怎样的激情围着篝火起舞

大马群奔涌，人们泪如泉涌

这是两种与神亲近的心情

我与你亲近

母亲！你赐我生于世，你喂我母乳

你是距离我最近的神

最真的圣训

来自你的心

母亲

只要侧目而望

在微明的天际

我就会看见你，你已经完全融入

我所敬畏的山海原野

对于我，这是多么珍贵的幸福

"寻找预言的人

就在预言中，他早已领悟

存在于林地的溪流，那清澈的

掬起可饮的圣泉
一只鹿出现在近旁
那里鲜花开放"

母亲
这个人间不在人间里
在一切未知中，我服从天定

我曾在你的腹中
跟随你在星际旅行，你给了我基因
给我一个宇宙
这美丽神秘的体系让我感觉诗歌
从一叶草的诞生开始
后来才有了自然之语

后来
母亲，我将一切河流视为
群山的姐妹，其中有你
在阴柔之间，也就是在流水之间
我所认定的血脉亲情超越族谱
那是更为广大的蔓延

在一切有水的地方
都有啼哭和圣婴
都有年轻和美丽

母亲，我记得你最美的年华
在达里湖到阿斯哈图的路上
你对故园的描述就如童话
我记得你黑白分明的眼眸
你的语气随青草起伏
是高原七月，你说
你们看啊，你们看
地上移动的云影
是不是像梦

"在水边
建筑房屋的人老了
他栽种的树木高大蓬勃
上面筑着鸟巢，雏鸟发出叫声
他抓一把米，他望着高处
在他苍老的脸庞上，闪现迷茫"

对你

我不需要描摹，你在我的净地

你劳作，你歇息

你是一条河流的指引者

母亲，你离去

但如今你在我的净地

你已是地泉，这不竭的母乳

依然喂养我们！每当我们呼唤天空

我们的平安就在泥土深处

在地层干净的流水中

流淌庄重的叮咛

母亲

想你，念你，我拒绝修饰

母就是母，子就是子，是就是是

我承认疼痛，我承认

在没有你的世界

我孤寂，有时无助

有时，我面对天宇，不说云

面对鹰族，不说翅羽

面对阻隔，不说自由
面对亡失，我不说粉碎

我会说你
母亲！也只有你，才能
在我血脉之河的岸边
看见散发奇异之香的花朵

"年轻的智者向岸边致意
那里泊着舟楫
一个人，在那里久久站立
他没有挥手，也没有言语
他的幻觉里出现燃烧的雪山
没有伤及圣洁的雪莲"

我常常对前方说：世界啊
如果没有母亲
你就是迷宫

对于我，母亲就是秩序
它在血液和基因里，它排列精美

决定呼吸的方式

在一切困顿中

它让我信奉，不仅仅是可能

那是水滴岩石般的真实

存在时间性

常常

我独自一人仰卧时间深处

我总会想到边缘，地平线

向日葵金色的花边

湖岸，月圆，月周边的空

穹窿，从一颗星到另一颗星

母亲！我承认错失

在一个少年的思绪里

远山成为沉重的哀愁

后来我就懂啦

母亲！我在天下找你，你在天上

你望着我，你在梦中对我暗示

我走着，是一个人移动的故乡

众生

在这世界，泪飘十万里
与心相随。母亲，怀念你
在梦里，在人间，在路上
我飞，我悲，我不说累

"他突然自语
我亲爱的人啊！不要在那里等我
回到我们出生的地方吧
回到可闻的乡音中
夜里，你要坐在灯光下
感觉众神降临"

寻找你，母亲
必须确认一个剪影，那是劳作着的
泥土的颂词

如果那个剪影沉入水底
就是永去。这需要接受，这个时候
面对母亲之死，我们会像生一样哭

沉入，静止，谜一样地去
母亲，你带走一片江山
我们面对废墟

这个时候
我们无限迷醉血液中的语言
我们试图谛听
但一切寂静

至少我相信
通过我，母亲活着！她活在
我的鲜血里，我的泪光里
我的凝视里

而那个剪影
它永恒的飘动就如黎明
入夜，从华北平原开始
我感觉向北向上的路，感觉星河
一直照耀北方高原
感觉沉睡的母亲，在一条河边
轻声呼唤我，她那么小心

她的双眼那么明亮
嗯，是的，没有疑问
这个时候，她是上苍的遣使
被河流守护

　"人的女儿
你要相信美丽，不要恐惧凋谢
那也是美丽的季节
一切都从容了
一切，都那么亲近
陪伴永恒的心"

那时候
我们都是母亲的孩子，透彻纯真
我们，那么容易被传说吸引

关于山外的世界
母亲说：那是异乡，你若去
就会背着故乡

我记得那些闪亮的日子

拥有母爱的日子；在老哈河畔
我的对远山问询的日子
蒙古与辽西隔着河
那时河面宽阔，鹰旋晴空
北地透着辽远的仁慈

那时候
我热爱美丽的火车，它破雾而来
穿雨而去。它
是我童年时最神奇的精灵
我多次想：它会去哪里呢？

很远很远
母亲说，你看天边啊
它去天那边

那时候
在母亲身旁，我的夜晚群星灿烂
我自觉很孤单。是的，时至今日
我依然无法描述那种感觉
那是无助，面对神秘

我恐惧，我想逃离

或许，那时候，我有母亲

入夜，有众神佑我

因为清寂，我绝对忽视了

最伟大的呼吸

"那是几乎伴随了我们一生的恩典

那才是最纯粹的爱

在天地之间

季风和雁群都会迁徙

唯有这恩典与爱

不会走远"

那时候

光走在山脊，水走在岸中

我走在母亲一侧，在回家的路上

云走在我的头顶

云阵交错，翻涌，图形变幻

一匹蒙古马从一岁走到五岁

这可能就是它的一生

母亲说：你要记住马的眼睛

我能铭记的是
直到晚年，母亲依然背对草原
她脊背弯曲，目光离土地越来越近
她呼吸的声音越来越清晰

她的路途从达里湖畔的贡格尔草原
到老哈河畔，她越过一条河流
面对另一条河流
她背对草原的身影越来越小
最终隐入冢

母亲
你进入了通道，是我坚信的
通过泥土之门，你获得玫瑰色的光
当你的坟茔上长出第一叶青草
当那叶草在晨风中摇动
我知道，你开始上升
在我无法想象的高空
会有门为你开启

之后，你会把泪水洒在草叶上
让我在跪拜的清晨
看见晶莹的露珠

在已知世界的尽头
巨大的树冠合拢于水上
是很多树木，它们向水倾斜
水面闪耀斑驳的光

"我曾将一行白鹭视为信使
那种洁白，阳光下的光泽
它们飞翔，但很少鸣叫
它们，象征某一种美丽的时间
飞在天宇，停在湖岸"

母亲
在你离去后，某夜
我的梦境里没有人类
我能接受的暗示是：这是尽头

会么？我在梦中问

母亲啊，如果顺着光和水流
时间会走向哪里？所谓尽头
一定关乎生死前定
你没有回答。那夜
我醒来，聆听风动
可以想见，大风像马群一样
掠过华北平原，直抵燕山

母亲
再向北，走过坝上
就是你生我养我的故地了
那夜，我的尽头是完成一个梦
这可以回望
我看见一个帝国衰落
一个帝国兴起
一群人丢失尊严
一群人赢得荣耀
还有一些人消失于丛林
像远去的契丹
从此再无音讯

第二章　荣　誉

母亲

你是家族的荣誉

由你生育的分支，是家族森林中

值得骄傲的部分

我是你的儿子，通过诗歌

我一再表达深深的敬畏

对天地万物，对生灵

我注视，我祝福，我感觉一切

如此生动，尊贵而有序

回望当初

你坐在窗前，母亲，你坐在灯下

你在哪里，哪里就是我的圣殿

那时候，你是我的最高信仰

我只需仰视，无须任何仪式

人呐

需要多久才能感知母亲的心灵
需要走多远的路
才能想念故乡日出
故乡，日出，生母
那时候，我的迷失很重很重
母亲，我长久地离别你
人在异途

人在滚滚尘世
说遥远，说发现，说奇异
我们苦苦追寻的真理
就在母亲沉默的等待中
她盼啊！盼儿女归乡聚在膝下
那是完整的幸福，对于母亲
我们，是她将一颗心
分放在人间密集的道路上
日夜呼唤我们回家

"那是错失
在幻觉的午夜，醒着的人
遗忘了窗外的风与星群"

那是第一条自由的道路
在大兴安岭那边，老哈河南岸
告别母亲，我没有方式
我也不懂选择，我的送行的亲人们
我的母亲，站在寒风中

是第一次离别
母亲有泪，我没有泪
那一年，我十八岁，外面的世界
好像也十八岁，它呼唤我
它诱惑我，让我带着乡音远行

我走了
母亲一定在那里望了很久
那个冬天啊！小站，火车，夜晚
对于母亲，除了乡音
我还带走了什么？

在异乡
当我终于懂得回望故地时

母亲已经老了！她在蒙古高原
在我的夜思中，她依然守望一个小站

这已成隐喻
母亲！你已回归于土
我仍在异乡路途

四十年
我终于发现世间之路永无尽头
自由也没有尽头
母亲！那个小站依然存在
你不在了！活着的怀念就如水流
没有尽头

"白发终将成为时间的火焰
踯躅者，在弯曲的河边寻找弓箭
大地安宁，水流如初
归来时已是昔年"

母亲
此生此世最重的相思

相思沉入水底，我就跟到水底

泪奔五万里，我还在雨季
第一棵高原树木迎接我
然后是一片树木，在绿色那头
母亲小小的坟茔朝向河流
那是辽河的北源
与西拉木伦河交汇
那是老哈河

我再次回到没有母亲的故乡
在一道山岗，我听到蝉鸣
我的记忆之海突然腾起火焰
那么猛烈，它席卷而来
我以往的四十年时光
瞬间化为灰烬

我感觉寒冷
我的眼前出现那个小站
云层很低，雪在远方
母亲在近前

七月
蒙古东南部大地一派肃穆
我知道，母亲，你在望着我
你让我在酷热与严寒之间回到昔年
我懂得，你早已脱离那座坟茔
你在高处，我确信你在高处
对我暗示新的道路

道路
你曾经是我的远方，如今
是我回返故地的过程

母亲走后
有一条路消失了，它被湮没在
人间的哀愁里
从此不见青草，不见花树
永远不见母亲的房子与炊烟
这条路断了，它已经属于时间

母亲

你所养育的家族枝叶繁茂
你在高处，在我精神的仰望中
你安坐天堂。我闭目而思
在那里，你拥有一片自己的草地
上苍将你还给乞颜部落
让你再次成为黄金家族
年轻美丽的女儿

"怀念，这逆向的河流
每一滴水中都透着遥远的黎明"

这没有疑问
母亲，对于我，树上的果子红一颗
预言就灵验一次
若果实红遍山野，你就让我
看到了天堂圣境

继续前行
我就能抵达天堂草原，你就在那里
通过牧歌，我就能找到向上的道路
你的暗示也在古老的马头琴旋律中

只要人间还有七彩
我就会虔诚祈求
我活着，我睡去，母亲
请你入梦

请赐给我金色，像德令哈一样
像早霞中年轻的爱情
我愿在你的领地牧羊歌唱

请你倾听
我是否唱出古老的心绪
在草的萌动中，让一种美丽的语言
随着羊群行走
或在白云下飞翔

请你作证
我没有辜负家族，鹰翅，琴声
还有血脉与祈祷
我是你的儿子，属于传奇的部落
我知道，高原上的每一根青草
都是祖先的遗嘱

请你微笑
我理解每句语词的重量
在心灵的边疆，我献上颂诗
每一个文字都很干净

"那是大地上的羽翼
所谓两岸，是从春天到冬季的距离
那里没有岛屿"

请再一次抚摸我
母亲，我愿意回到三岁，甚至更小
回到蒙古天韵雨滴一样的音符中
请赐我乳汁，你的爱与甘霖
你仁慈美丽的身影
我知道，那才是永恒的预言
在贡格尔草原之夜
请赐给我灿烂的星空

在那里
一只苍鹰消失于夜海，它幻化

飞在蓝色史诗的终章
无声无息

母亲，你敬重父亲的家族
他们无不具有鹰的特质
在两条河流之间
你的故地岁岁红花开放
那才是最真的等待
鹰将回返
人会归来

我曾以心灵与信仰丈量帝国的情史
母亲，从一首牧歌开始
到另一首牧歌
庞大的马群撞开夏日之门
奔入秋天，奇迹呈现

"天光，巨门虚掩
最高的花朵是那些星星
有众神起舞，护着永恒的灵魂"

母亲

后来我才知道

你为什么告别故园之河，向南

自由之路七百里，你几乎走了一生

向南

是鹰迹消失的方向，你说

记住啊！悲伤的契丹人选择了西北

他们永别科尔沁。我没有

我来到另一条河边

等鹰出现

鹰族

我对你说，那是

我们的草原和天空，是不同的

云层，色彩，火一样的夕照

每当灵异出现，寂静就出现

母亲，你也出现

它翱翔在一语久长的祝词里

双翅劈开风雨，劈开雪阵

劈开诅咒与迷惑
飞至羊群上空，它单翅抖动
向牧羊人致敬

鹰
才是一个伟大部落的图腾
母亲，你黄金一样的姓氏
穿透土层，生长为草，马群
那些骄傲的人，在疾飞的马背上
感激温暖的人类

就在那里
母亲，在你的降生和永生之地
我拥有你，我失去你
俯身面对，大地的眼中含着泪水
我的达里诺尔
我的雁鸣，我的克什克腾
最后的王城迎来暴雨
一切如初，马嘶秋诉

"入夜，篝火点燃

有人唱着颂歌，有人饮酒
有人独自走在草原深处
感觉近在咫尺的源流"

母亲
我属于那里，我们的鹰族

相传
一位母亲在阿尔山南麓送别儿子
那是一个雪日，大风不止
冰河闪耀刺目寒光

母亲未哭
她深邃的目光里也在落雪
但瞬息融化

你是信使
母亲说，你要找到那些人
就先找到他们的马，请他们回来
母亲又说，儿啊
你不能丢失！你要记住

五百天后，我就在这里等你
我每天都会在这里
等你，等你们回家

在东方草原，在科尔沁
呼伦贝尔，鄂尔多斯，乌兰察布
这个传说已经融入牧歌

我曾试图找寻信使的踪迹
不是翻阅史集，是在
天籁一样的音符中找到他
找到他的坐骑，他的马鞍
他的回返阿尔山故地的道路

我曾经问母亲
真的有那个人么？他去了哪里？
他去找哪些人？
母亲不语，她看着我，她突然落泪
是七月，从母亲的目光里
出现一个融化的雪季

他没有归来

他的马也没有归来。他的母亲

曾在哈拉哈河边长久等待

在这条意为屏障的岸边

她的喀尔喀蒙语感天动地

"九月，高原的白桦林中出现积雪

野鹿奔突，北风切割着岩石

没有人问询答案，但相信追寻"

在同一片地域

归流河，草原洁净的女儿

奔向额尔古纳，奔向水的家

远行者的家，已成天涯

向西

伊金霍洛，贺兰，两河流域

幼发拉底河，底格里斯河

巴比伦少女崇拜远方的英雄

这不是必由之路。母亲

那位在哈拉哈河边站立为树的人

在倒下瞬间说出一个字：路

路
这神奇的意象飞往星际
光是另一种道路，我们在梦里奔赴
即使在梦里
那些人也没有归来
许久以后，西去的契丹
也没有回到祖州

传说
受伤的信使被人拯救，他留在中亚
他在那里娶妻生子
皈依另一种宗教
他的后人，在几个世纪后
来到阿尔山下，在哈拉哈河边
他们用陌生的语言
一声一声呼唤祖母

我怀念
在家族信仰中，我建筑诗歌桥梁

我无须黄金，只要有牧歌
我就能在它的流动里找到归宿
我的抵达就是回返
我对先人荣誉的敬畏
就是荣誉

我在传说里长大
我恋母亲之怀，她的外延
飞越大兴安岭，从阿拉善到呼伦贝尔
这广大的旅途，这高原
草地上刻下多少马蹄的印痕
人的心灵就刻下多少怀想

不可否认殇
不可否认，失去了母亲
我就失去了最真的源
是源头！我的生命的出发地
我的语言和激情的故乡
在阿拉善怀念母亲

手捧一颗玛瑙，我捧起一颗星球

它的色泽，它鲜红的部分
就是灵魂之血，是宇宙之血
将凝固呈现给光明

"最后的祖州留下了石屋
那充满神秘的所在
在最后的应昌路，留下了巨石
那是最后的根基"

母亲曾说
世上有多少种光荣
就会伴随多少悲痛
心灵也是，你能感觉多少幸福
就会产生多少悲怜
不会无视痛楚

我在一个叫祖国的地方追寻
我不停地问询
在这个世界，还有多少人热爱母亲
如果都能感激母亲仁慈的双乳
人间就没有倾轧与杀戮

人类的童年肯定活在河边
已经很少有人关注
那个年代的水，湿地，庄稼
隐约的乡镇透着安宁
一切都那么干净

我的童年在山的怀抱里
是燕山，它由北向南
消失在平原

在那里
至今仍能听到母亲时代的歌声
关于河流，关于爱，远嫁与离散
关于古老的节日怎样被灯火点燃
母亲时代的歌声
没有诅咒和仇视
有暴雪，冰冻的河道
有午夜的羔羊呼唤哺乳

"一切都那么近，又那么遥远

亘古的明月挂在天边
那是典雅的生活
在老哈河两岸，蒙辽相望
彼此炊烟可见，燕山下面是家园"

我的童年在燕归里
在迁徙的雁阵里
在夏天雨后的绿色中
倾听母亲时代的歌声

我的母亲
她用劳作的身影告诉我爱与仁厚
是将目光种入泥土
这是证明，她让我看到了
在北方高原，她的形象
那么接近自然
她是我记忆中的树木
家门前的清流。入夜
她是平安的灯光
灯光下的剪影

我的童年就在这样的庇佑里
在燕山以南
我的灿烂的星光天地
因为母亲
我敬神

那的确很近
你看母亲，你听她的声音
她的呼吸，她越来越老的步履
越来越安详的眼神

你想母亲，你感知三尺黄土之下
她的灵魂，她的永恒的气息
在四季里亲近我们
那是风雨，是光，是雪中的足迹
那是一声叹息里云一样的记忆
有时聚集，有时飘散
有时低垂，向大地致意
那也是提示
我们的母亲
未曾远去

"庞大气韵存在于天庭

云不是手臂，草地上的羊群也不是赞美

所谓生活，是仰仗大恩

在脱离母腹后对苦乐的接受和感知"

母亲

是你让我珍重赞美

你曾是一个女婴，降生于贡格尔草原

你是来自上苍的遣使

你其中的使命是养育我们

你引导我们，教我们将目光投向山脊

看见更高更远的天空

那才是最幸福的日子

无虑，懵懂，对一切充满好奇

渴望探险，总是相信

在独行夜路时会遇到灵异

将我带入神秘的森林

那是我的幻想

是我的想象初长羽毛的日子
与风一起成长的日子
风，在蒙古东部，当它掠过河面
我就能看见花纹
当它安静，在透明的水底
就会浮动云影

我曾认定
风的声音就是河流的声音
也是雪的声音，篝火燃烧的声音
许久以后，我才懂得
母亲，你离去，我哭泣
风的声音里飘飞泪雨
那是祭奠的声音
它击穿我，也安慰我
我活着，风就是伴随

风
在高原山巅吹落一层雪
就翻开一层记忆
你听风送雁阵，风迎黎明

风怒吼，风呜咽

风卷云飞

风，安抚复活的灵魂

万里起处

风动，草动，经幡飘展

风中飞舞紫红色马鬃

母亲

风吹岩层，吹蓝湖，风分开四季

分开欢乐与苦痛

我们在风里成为母与子

我们在风里永别

我与你，不仅隔着黄土

我们隔着风，从地上到天庭

从可以对视到只有凝视

风吹落泪，我寻找

你是我最近的相思

你是我最远的边陲

你是我的富足，我的草原

你是我的隐喻，我的孤独

风吹典籍
为我开启门，所有的祈求与缅怀
都在那里

我们有过约定
母亲，在血脉里，在苍茫里
在我年幼的啼哭和你的乳汁里
我初通神性

"幻想听懂河流语言的少年
手捧黄金般的沙粒，那种金黄
从他的指缝间流泻，被轻风吹向水面"

你
昔日美丽的少女
贡格尔草原上美丽的牧羊女
赐我母腹，赐我胸怀
赐我多姿多彩的世界
后来，你恩准我远行

赐我前方的道路

你在世间活了七十三年
你的七十三个四季
对于我，就是七十三尊圣碑
在我的梦境
那是七十三匹蒙古马
奔向七十三个圣地

在你离去一年后
我在心中立起第七十四尊圣碑
我写下这样的文字：生我的人啊
你活在这里，你是我的尊严
是引领我的经幡
让我热爱永恒的风
感知你的叮咛

那一天
我对绵延的燕山发誓：我将铭记
铭记一位伟大女性赐我的深恩

我闭目，双手合十，我听
母亲驾云而来
在辽西以西，老哈河以北
她轻轻飘落，她站立岸边
像一棵杨柳

燕山，丘陵，耕地，草原
我的童年四季分明
跟着长者上山，踏着新绿进入沟壑
在黄牛后面播种，怀着梦幻牧羊
只要母亲活着
我就拥有踏实的故乡

我听
母亲把一些话语交给风
在真实的声音里
我看见玉米黄了，高粱红了
李子紫了，芝麻黑了
后来，我看见贡格尔草原上出现庞大的羊群
牧歌醉了，群山隐了
夕阳归了

以老哈河为界
南北一千里，被我视为亲爱的故地
那里乡音近似
人的禀赋近似
那里，是母亲魂灵徜徉的地方
看见神鸟，就能看见魂灵起飞

母亲
生于前定，你是我永恒的信仰
在白昼，你是阳光
在暗夜，你是星光

你就是我的北方
只有你能接受我的归期
我累了，就要回去，走入严寒
或者酷暑；在这之间
是你短暂的春季

"总有一种声音穿越云层
那不是雷鸣。那是一个少年的梦

在午夜飞到天宇，凝视奔腾"

仿佛一闪
你的夏天就到了，那才是
属于童年的时节，你的绿的水
祖父一样横卧的山脉
你的真实，是我的一切
一切都袒露着，拒绝任何修饰

在旱期
母亲，你用井水洗菜
你用洗菜水洗碗，你用洗碗水浇园
你把水还给自然
入夜，你在油灯光前低头补衣
有时，你抬头守望
在突然爆飞的灯花里
你微笑，这是永恒凝固的时刻
我的北方的夜晚

人啊
走遍世界，你去求佛

佛说：我是你的心，我是你
每一个善良慈悲的行为
我是你无可替代的母亲
对她感恩，超过跪拜十万座庙宇

母亲
因你投生人世，苦与乐都是圣途
我认，我忍，我念
我认有你，我忍别你，我心念你
我的人间，有你灿烂，无你凄然

我信
熟读史籍，最柔的部分是你
最红的部分是你
最真的部分是你

最柔的部分
母亲，你的目光啊
近时望我，远时盼我
最红的部分，你圣洁的爱
如何在每个黎明变为流淌的血

最真的部分是你的一生
爱我们，无私无怨

我拜
你离去的时间，黄土的语言
是岁岁复活的青草
在原野，在山巅，在岩石的缝隙
黄土的语言也是尘埃
是我走一步，你就叮嘱一句
是我回头，在生我养我的乡间
再次升起的炊烟
这就是生活！古老年轻的生活
它存在，它延续，它充满尊严
母亲，你是感动，更是怀念

我思
在没有你的世界，母亲
我必须面对一座断桥
它横亘在虚无中
在无语的时间中
我难以逾越

需要有什么样的勇气
才能纵身一跃，跳入断裂处
我相信那是飞，它与梦孪生
但没有记忆之痕

被我一再揭示的疼痛
是救赎，人类就是宇宙的囚徒

我行
背负北方的记忆，我走过分界
母亲，那时，我有你
我独自到达无雪的南国
那时，我能感觉你的夜晚
你安坐灯前，你用挂念
一丝一丝焚烧遥远的距离
你所象征的故地，每至岁末
就是纷扬的雪季

那时
我是你的游子，我在南端

在天涯海角计算向北的归期
我的救赎在迷失里，在海的潮汐里
一年，又是一年
我不知道在寻找什么
仿佛必须经历这个过程
仿佛在圆一个未知神秘的梦

"那个被尊为圣童的少年
在遥远的路途中寻找一种草
他的足迹远至藏南"

母亲走了
这个梦就破了
从此，找遍世界
我也寻不见最亲我的人了
那一天，站在母亲的寿棺前
我感到彻骨之寒

母亲
以最平实的语言对我道出天机的人
没有说再见

那一天，面对掘开的新土
我寻找母亲的路
有人开始哭，有人遵从古老的仪式
对天地说话
我站在无雪的高原
我在心里说：母亲
我回来了！你走了

对我
你关上一扇门，你不准我进入
在梦中，你白发变黑
你说：还有另一个路途
它在你的远方，你的人间
还有很多寒暑

从此
我在两条道路之间，一条可见
一条不可见

母亲
在你走后十六年

我依然不敢相信那个冬天
直到今夜，我感觉你还是没有走远

我接受了
我以另一种方式读你，母亲
读你年轻的时代，你的身影
读你的老年，你的白发
你越来越慈善的神情
读你，在儿女面前小心翼翼
你像一个胆怯的孩子
在生活中寻找平衡

我读你曾经的声音
世间最美丽动人的语言
这伟大不朽的善，在人间
怎样形成没有波涛的河流
你的语言，充满祈福与企盼的语言
在你晚年的树木上
是鲜红的果实
现在，你的声音深埋地下
已经凝为精华

"一缕轻烟向空中飘去

超越鸿雁的翅羽，它消失

在更高处，它凝为少年的幻象"

读你

母亲，你的越来越瘦弱的身躯

越来越小的你

越来越亲近的往日的时光

你是我亮着灯光的故乡

我的幸福和忧伤

读你

在没有你的世界，我孤寂，我沉默

我感觉不安

母亲，你，我的无字的书

就是神圣的天路

我阅读

母亲，你在空中举着圣灯

照耀我！午夜

在难以穿越的寂静中
我向天宇接近，光那么柔和
就如你注视我的眼睛

你知道我为什么如此迷醉
午夜，众神醒着
是奇异的夜空和云，是你
我的远行的母亲，你让我相信
生者的大地未失庇佑
总有一些手，护着水一样的自由

此刻
神秘的安慰就在近旁
青草生长，群鸟已经歇息
我的意念中的大河，在北方以北
正在向贝加尔湖奔流
大河，高原的血脉
蒙古长调的源头
如果你靠近
你就会被静谧征服

我阅读
我熟悉那些河流，在北方以北
水的致辞那么干净，水的致辞
在这样的午夜闪亮
与星光辉映，纪念一切该纪念的
珍重一切该珍重的
让那里的心与自然
远离冷漠与诅咒

你也拥有唯一的指向
你来自那里，你也曾是血的婴儿
我们的母腹，后来被我定义为宇宙

"就是那里了
就在那里，人类生命与史诗的源头
源流奔涌，依托辽远的安宁"

母腹
我们最伟大的圣地，一旦脱离
我们就到了人间
我们呼吸，我们吸吮母亲的奶水

我们依偎，母亲走开一步
我们就会发出三声啼哭

十万里禅机提示你回返
缘在最初，此为天定
缘，在苍茫一隅
一个在故地渐渐变老的女人
为什么总是怅望天际？

在所谓远方
也就是在没有母亲的地方
我用刀子割开绳索，用意念冲破栅栏
我却不敢想象
用刀子割开风
用意念冲撞天空

母亲就在风里
在天空下让目光飞
你若不慎，就会让母亲感觉刺痛

禅机啊

是你生来就有的灵与智
拜母亲所赐，立于天地

禅机
在我们的乳名里，在一声呼唤
送别的深秋
有一天，母亲不再这样呼唤了
她在我们的称呼中加上父姓
禅机啊！在这种改变中
将我们推向人生

母亲
我记得那一天，你唤我，我回头
你站在门口，你的神情有喜悦
也有迟疑。许久以后我才醒悟
那就是告别，在你眼前
我不再是一个少年了
我的父姓，在你的第一声呼唤里
加了一些重量，就如雏鹰
第一次拥有了天空

那一天
母亲说：你已成人
你该牵着我的手了

这是母亲的信任，是第一次
她指着远方山脉说
总有一天啊，你会去那边
那边，很远很远

那一天
老哈河以北降落大雪
我开始想象，在山那边
不会有母亲的村庄了，会有很多母亲
对儿女说一些话
后来我就懂了，在两个陌生人之间
彼此就是天涯

第三章　天　庭

"那里

是不可知，但可视，在有限的距离中

心怀敬畏的人，嗅着馨香的泥土"

走在一条线上

走向何方，你都是母亲的地平线

你被凝望，你被想象，你被思念

你被一位隐忍的母亲

在寻常的时间中一再牵挂

你经常背对她和她的语言

你被人间改变

她没有改变

这种忽视一定会成为我们

此生的懊悔，因为拥有

我们远离，因为痛失

我们哭泣

后来

在没有母亲的世界里

我感觉刀锋，那一闪一闪的光

那水一样漫延

最终消失在光中的静

原来就是疼痛

这个时候

我想到神，想到神一样的母亲

想到在她离去的第四十九天

空中的道路突然消隐

从此，在我与母亲之间

永远断了音讯

在第五十日

在清晨，我独行旷野，我对自己说

母亲！你走了

我永失这个名词：母亲

我的源流，我的神

我的神
如今已经回到天庭，在我的高处
星云的故乡，她是身穿白裙的少女

那里没有人间的墙壁
在遍地绿色中，典雅的木屋就如宝石
它们有序散落，在河流的臂弯
成为爱与生命的象征

在我幻想的所在
爱，是唯一的信仰
没有等级，无须仰视，不必屈膝
那里活着人间所有的心愿
微笑就是自由与尊严

"雨，来自天庭的雨
其间贯穿着圣灵之息
它们掌心相握，在泥土中分离"

母亲
在墙壁的围困中，我念你灵魂

没有阻隔，听窗外羽音
令我感动的洁白和淡蓝
一动一静，美丽的鸽子
祈愿平安的天空

雨后
我嗅到泥土的馨香，是八月了
在向南的途中，我想象北方
北方是你，我的母亲
你的长眠之地即将进入秋季
不是进入满目金黄
还有白色的荞麦花
挂在枝头的红辣椒
藤蔓上成串的紫葡萄
等待收割的黑芝麻
这一切都是天地所赐
母亲，你就在那里
是年老的你守在大地
而年轻的你，在洁净的天堂
正在幸福歌唱

活过一生
我们有无数次选择，只有一种
不能选择：母亲
这个给了我们生命与大爱的人
我们的神，她是唯一的注定
她生是欢乐
她去是安宁

她生爱护我们
她去保佑我们
她在人间留下两道辙痕
一道是仁慈
一道是艰辛

她在永恒不朽的目光中存在
她风中的手，光下的手
她的清晰可见的指纹
在土地上就是怀念
不说远近
不说江山
只说这水一样润泽的暗喻

为什么闪耀光辉

在异乡
欢乐时遗忘母亲
感伤时想起母亲
远与近，轻与重，喜与悲
有一种大爱永不会消失
她站立是树
她倒下是河
她远去是风
她走来是梦

她在我的意识里
在断裂之声出现后
我几乎看到一个尽头

"那里篝火美丽
人们在草地上歌唱舞蹈
天空间群星闪耀"

那不是生命的图景，也不是经验

那是我们的精神，在母亲远行后
需要牵手与搭救
这个时候，食物就在近旁
悲伤也在近旁
一种沙哑的声音说
开始怀念她吧！重新开始
用哭泣和眼泪
用我们跪下去的身躯

那时
我们已被淹没，那是沉重的山河
伟大的良知进入安睡

母亲
在你离去那天，我进入悲伤的宇宙
在蒙古东部严寒的岁末
你将古老的节日给了我
同时给了我巨大的孤寂

母亲
我与你，生命中最亲密

最自然的结合，不仅仅因为你的孕育
只要呼吸空气，我就会感觉你
这不是秘密
就如你突然消失的冬天
无雪的夜晚，也不是秘密

节日之夜
穿过透明的酒杯，我的目光
止于桌面，我知道
母亲，在没有你的故乡
我失去了什么样的语言
什么样的注视能够让我安静
像一个孩子无声守岁
你的忙碌的身影已经嵌入墙壁
就在桌子的那一端

这是多么遥远的距离啊
我的目光有些微醉，灯，光影
我的同辈和晚辈
在举起酒杯的一瞬
是不是遗忘了你？母亲

在没有你的故乡
我几乎失去了方向

"在那种仪式里，不需要铁
泪水也不需要语言，需要柔软
需要祭奠的火焰，燃烧在膝前"

我回去
我在你的营地跪下，面对家
感觉腾起的纸灰，在相对的高度
对我说灵魂的去处
真的存在幸福

那里有你
母亲，那里，生长禅机的土壤
一片葱绿，一片花海
一片玫瑰色的云
飘过黛色山脊
美丽的鹿群
活在平安的青草地

在辽西以西
母亲，我的生日在两条河流之间
它是成长着的，一个时刻
你首先给了我灵魂
你的年轻的蒙古，折一叶草
都会淌出绿色的汁液
鹿会长鸣，风会微动

我的生日是成长着的
接近一个甲子
我血液流淌是一个方向
我的身影留在另一个方向
总是这样，即使我策马扬鞭
也是这样

后来
你才给了我注视，关山万里
我，你的儿子，居然成为你的四季
那是许多未知的旅途啊
你说，选择一个营地吧
你走不出天，也走不出地

母亲
是呐，你离去后，我想你念你
我甚至没有走出记忆

我的生日近了
这是你给我托梦的一天
我必须心怀崇敬的日子
当尘世安静下来，你就出现
在鹰翅下面，在蒙古高原
在西拉木伦河与老哈河之间
滤净杂质的蒙古牧歌
将我的生日之夜轻轻点燃

那一刻
我感激你伟大的孕育和疼痛
我哭着的，浑身是血的降生
是属于你的奇迹！母亲
你把我带到这个世界
我食你奶水，我倚你臂弯
我在你温暖的怀抱里入睡

你哄我，一个人在灯下数点羊群

我只能想象
因为我，你获得巨大的喜悦
我脱离你，你才是我最初的人间
而我，是你的命
我哭，你就痛

"一滴水入海，一个人融入世间
一片云出现在天空
一行雁鸣消失在九月
一语呼唤，没有留下回声"

感谢上苍
我说出的第一个名词是：妈妈
我说，你听
我笑，你泣
我睡，你醒

我感激蒙古高原
那些贫瘠的岁月

因为有你

我有故地

因为年幼

与你相守

因为绵延不绝的血脉亲情

我有依附

我的长生天

飘落仁慈的泪珠

你说

记住啊，我们都是从那里来的

从空中，一条通道

连接母体、土地，人类的河边

与海滨。母亲

你的语言已经回归星际

属于永恒的辉映

我仰望，星语微动一次

我与你就重逢一次

我倾听

母亲，你也在倾听吧？你在

我难以想象的高度
有时，你距我咫尺
我可以感知

生为母子
我与你，所有的一切早已注定
包括注定的永别
透过星光望你，跪在地上想你
隔着窗子，这生死之界
我无言念你

我的孕育者，我的引领者
我的精神的家园和岛屿
你没有将最后的时刻给我
那个寒夜，我在异乡
你在家乡，我与你
生死两茫茫

那条路也是注定
你走，我回
你去，我跪

我跪

母亲，许久以后我才懂得

我奔生，你可能奔死

这大爱啊，这无可替代的神的示意

血中的降生

我跪黄土，跪你的灵魂

这是我一个人的祭奠

我的岁末的蒙古高原

因你温暖，因你严寒

"身在朝圣之旅的孤者

携着乡音，大念无痕"

那一天

在阿拉善南寺，我眺望贺兰山

有佛伴我

诵经的声音在风的世界起伏

我仿佛看见了波涛

看见你，母亲

贡格尔河美丽的女儿
以蓝色鲜花命名的人
在草原歌唱

许久以后
在没有你的世界，我写母亲的歌谣
你的时代，一切都很干净的日子
属于马背的日子
我在南寺凝望一个方向
它通向昔年
那里还没有我，我的母亲
你正值青春
我的女神

蒙古水草的女儿
由西向东，大约一万里
你走完一生

你用七十三年时光绘就慈塔
是洁白的，没有金顶
你的两条河流一西一东

你的慈塔在辽国边陲
那是光明，不是暗影
那是我此生此世最高的崇敬
无须颂词
它在最高处

母亲
你在最高处，在我洁净的天堂
你的坐骑卸下鞍子
告别了远途

你的冢
春夏草叶葱绿，深秋金黄
冬日洁白。母亲
我知道你已不在那里
它向上隆起，这高原上的高原
是我人间的坐标

我再也不会迷失了
你的冢，它的尖顶指向一颗星
就是这样的

它随着一颗星转动，我的
不可被亵渎的血脉
在伟大永恒的节律中流动

"有一个人进入西拉木伦河峡谷
他向南而行，经过上京
进入科尔沁腹地"

我热爱向上的台阶
每走一步，距天就近一步
距你也近，母亲，你在时光之侧
这永远的河流
我只能想象你在岸边
你守着红色树林，你的身后
是大片青草，每一针草叶
都摇动着光芒

因为有梦，我无须泅渡
我是被你寄放在人间的儿子
在每一丝光明中都有你的体温
在一切幻想里

你都活着
像一个真理，像涌动在羊群前方
那蔚蓝之怀的云阵
对我招手，对我召唤，对我暗示
对我，一个在诗歌中寻找答案的人
恩赐笃定

我人间的亲人呐
在我深爱的诗歌里，石头也有光芒
石头会说话
而石碑，在它的两面
一面刻着真实
一面刻着隐喻

"科尔沁银狐是另一种隐喻
它站在沙地边缘，双眼明亮
它是可以奔跑的忧伤"

你们
阅读墓志铭的人
不可忽视另一面

寒冷，温暖，光明，黑暗

人类的这些语词源自最深的启悟

古老而悲苦的心灵

曾经在大火中接受冶炼

后来我们才懂得

怀念，是一种闪光的物质

泪水也是；泪水，伴着哭声的

无声的，流过脸颊的泪水

滴落衣襟的泪水

经过血液的分离

在心灵辽远的背景上

是一些洁净的花儿

母亲

那些花儿，为什么总在午夜开放？

是自由的，奔放的

属于心灵的花儿

开啦，谢啦，又开啦

超度，轮回

人类的图腾为什么饱含苦痛？
母亲！你，伟大的人！伟大称呼
王者与乞丐都不会背离你的方向
你，慈悲的人
顺着光芒行走的人
如今在大河那边

我曾绝望地哭你
在岁末寒冷的蒙古大地
我叩伏，我跪拜，对于我啊
你在人间已经没有未来

那一天
在亲人的注视里，我泪洒冻土
我在心里说：永别了！母亲
从今以后，在所谓故乡
我永失你的爱与光芒

"从大都回返塞外的人们
没有失去羊群，这时间与生活的点缀
散落在草原，几乎没有任何声音"

在黄土内外

死与生的分野，时间的证明与忘却

是我哭着，你静着

我相信你走着

当第一捧黄土落向你的棺木

我感觉到遥远的雪

那另一种形态的纷落

上苍的垂怜，昭示你的上方

在恩泽之地，你已经再生

正在到来的雪

会铺展大地时间新的记忆

或许，我跪在一个中心

以泪为语，送你徐徐上升的灵魂

时间

某种忘却就是时间的缝隙

两棵树木之间也是时间的缝隙

还有弯月，岩层，彗星之尾

指尖以外的空

都是时间之隙

在蒙古高原
地表河面闪耀金黄的沙粒
有水的光芒，一头牛在河畔反刍
过了九月，没有雁影的天空有些寂寞
在那样的天地
如果没有牧歌，没有突然出现的奔马
时间之隙就会闭合
母亲，如果没有了怀念
在以后的诗歌中
我该怎样说河？神秘的闪烁
不仅仅是光
还有不见血流的残破

怀念
在梦幻之宇飞翔的火焰
急骤的雨穿越时间
这是一种可能，可能的上升
或孤独沦陷

母亲

又是夜晚，我在一座没有亲人的城市

我与你隔着淮河，长江，黄河

隔着江淮平原，黄山泰山

华北平原，隔着金山岭

这是我的时间

你的时间在火焰之上

在蔚蓝色的语词中，你让我看见

一种声音如何变为闪电

它劈开一道缝隙

那不规则的，天空短暂的龟裂

仿佛有一扇门通往未知的境地

你就在那里，在美丽的安宁中

你让我入梦

"被长久崇敬者

创造了箴言的人，早已经远去"

你让我生于一个高地

在两条河流之间，我们成为母子

因为你，我在人间遗传一种语言
就如开启一道巨门
你，母亲，伟大的引领者
你的身影是我此生
阅读不尽的天书
没有注解，没有引言
也没有结束
就像我的远途

我的远途
一个村落又一个村落，被道路连缀
我从未远离生存之息
回望高原
我少年的铁路由高向低
通向一个小站，我记得它的名称
在老哈河畔，它的名称与神有关

母亲
就在那里，今天
你的中年的记忆，我的年轻的记忆
河一样汇流

你是母河，我是子河

远方是辽河

时间之痕啊

在犁铧上留下铁锈，在人的眼角

留下鱼尾纹

在高山之顶留下冰白，岩石上

有马的图形

时间之痕

在人的心灵中留下了什么？

耕种的一代人已经故去

很多人走向衰老

冰白一如群山的眼睛

望着寂寥的空

曾经美丽奔驰的骏马停止嘶鸣

而又一代人，他们

已经拥有自己的远途

那么多村庄，留守者

老人与孩子，总在盼着他们的亲人

他们的亲人相继淹没于城镇

像迷失的鱼群
在时间之海潜行

时间之痕无所不在
流水劈开高原，留下沟壑
黄河留下古老的心愿与哀愁
母亲，如今你在佛境
你，上苍的女婴在净水中成长
你已回到原处

我是你的印痕
在我的眉宇之间活着你的神情
事实是，我走在你的身后
在所谓人间，我走完该走的路

无论如何
始终都是这样：你，母亲
是我的高原上的高原
你是我的最亮的窗子
此刻，你在天上

在天上
风与光在飞行，我看不见它们的轨道
但我相信有序
这像心灵，大地和天宇都有心灵

星宿也有心灵
是啊，也有悲痛
有离合，有血液泪水，有亡失
彗星最后飞行
是最后的歌唱与寻找
它尾部绚烂的光芒
是最后的示意
充满忧伤

"箴言之光在大湖闪亮
在马的双眼中闪亮
露珠，在月季的花瓣上闪亮
唱诵箴言的人，坐在高高的山上"

母亲
我有自己的方式，在人间

一天一天体味你永恒的停滞
你的路消失了，你的大爱
消失在路尽头

我常选择仰望
而不是垂首，我从不怀疑
你已经抵达上方，在至尊之地
你会再次成长为美丽的少女
或许啊，你已将我遗忘
你已遗忘走一回人间的日子
但我不会，对你
我活一天
就念一天

上方
永无止境的上方，神的故乡
我只能仰望，我没有翅膀
也没有追寻你的方向

你丢下我
你以一死终结一世，你的一世

是天上一年
我在地上，在你和众神的注视下
我人间的灯火亮了又熄
清晨，星海梦一样隐去
就如你，母亲
你是驾着光与风去的
你的身影散了，大地上一片破碎

这才是永难愈合的伤痛
像风中落叶
河流上一闪而过的光
醒着的梦

"两只天鹅飞在旧时的音律中
忽隐忽现。两个孩子站在春天的河边
一个手指草原，一个手指远山"

闭目神游积雪的峰峦，大风不止
随处都有神语
森林轰鸣，每一瞬间都有致意
母亲，你去了

我活在广大的人间
我的伤痛将伴我变老
面对成长的群山
我心肃穆

果真如此
在明亮的雪线，有一种伤痛
是在游移的，那是远离俗世的扶摇
对自由之心的提示
果真如此！长在岩缝的松柏
永远不会说人的语言
它也远离了母树
它更孤独

果真如此
站在山巅凝望人类，一切疑惑
都远离真理

母亲
在你走后的所有的日子
在我的人间

我一直追寻你的灵旗

你的灵旗，就是天边的马匹

你将我带来人间

这神秘之途，闪烁金黄的荣耀

凝入精美的玛瑙

我在其中，因为你

任何艰难苦痛都不会将我击倒

我活在高原的庇佑和依托中

我是你一月的雪

二月的山脉，三月的牧歌

我是你四月的草原上

一直凝望天边的云杉

我是你五月的蓝湖

送鱼群逆河而上

只为尊贵的生命

到六月

我是你再次萌生的青草

我接住一片天，一片云，一片雨

我是你七月的牧途

缓慢前行的勒勒车

你的古老的生活

我是你八月的篝火，你的血脉

贯穿大地天空

我是你九月的雁阵

你的眷恋和离别

在飞翔中的倾诉

我是你十月的金黄，不是黄金

是草，有胡杨的色泽

它象征被火冶炼，被河滤洗的高原

迎迓另一种美丽

我是你十一月的守望

没有主题，一定有泪水

透视曲曲折折遥远的往昔

我是你十二月的羔羊

深深倚着你的母体

在朔风里面对岁末

望苍云掠过

"在往昔，渴望搭建时间桥梁的人

最终感叹滔滔大水

在岸边落泪"

九月
今天，在午后的阳光下越过金山岭
我没有看见迁徙的雁群

有一种声音出现在风里
我前行，声音依然在风里
仿佛与我保持不变的距离
幻想着，在这样的时刻握住一只手
像岸握住九月的河流
我的归乡的路途
早已注定

母亲
九月是我出生人间的月份
雁群是九月的预言
我不是，我是奔着高原来的
它们在离去

在我出生那天，我曾去跪你

我跪你的冢，跪我的九月
跪你生我，跪我失你
跪这割舍不去的恩情

那夜
在金山岭以北，长风已止
隔着墙壁可闻人语，神已降临
母亲，那夜
你在我的高处，你早已不在土中
在一颗翡翠一样的星体上
你洁净如初

不会有人怀疑
你用身躯遮挡的一切
其中就有暗影
你将光明的一面给了我们
在水的故乡，你是另一种浸润
你是艰难寒夜里唯一的暖流

你的泪水源自上方
你领着我们走，你的山谷一样的怀抱

成长平凡与喜乐
在你大爱的山谷中
我们的生命依次盛开

那是圣殿
母亲，你允许过错，被你谅解的
我的少年，曾经迷失的夜晚
你的呼唤就是圣乐
永恒不变

"那是流向东方的河
沿岸生长茂盛的红柳，村庄美丽
一个传奇般的王朝，已经歇息"

后来
在你面前，我没有成为年轻的高原
我是你的儿子
我神往群山那边
那种魅惑啊！被雁群和白云
深深吸引的年轻的心

已经脱离你和故地

你选择送我

寒风三里，你送，我走

泪雨十里，我走，你留

你留在我出生的地方

这才是等待

仿佛一夜之间

你的黑发变得花白

你，活在我们生命中的人

握着古老的根系

你内敛的修为绝对服从心意

你是神，离我们最近

当八月将时间交给九月

天空里飘落洁白的羽毛

我们难以知晓遥远的秘密

遥远的北方的秋天

遥远的你的灵魂

被我朝觐

在没有边际的尘埃中

你是我的坐标，旅行星际
母亲！你的目光照耀我
照耀我此生来世

被深切怀念连缀着的
空气和水，爱与感伤
天堂的铜鼓在午夜敲响
我醒着，我用泥土的颂词
供奉你！母亲
我相信遥远的花海就在云深处
你就在那里

"一生都不可抵达的地方
究竟在哪里？这是问询河流的人
留下的疑问"

你在预言的帷幕上开启门窗
我看见镶嵌的金色
流淌的蔚蓝
风暴一样的黑色
我看见人类在火光中舞蹈

就如虔诚的祭祀
水的亮色依偎神的海滨

鸥鸟灵动
透过薄雾，羽翼下的海滨再次苏醒
海岸线，人间
在我们认定的旅途
有几个必经的站台
站牌上分别写着：幼年，童年
少年，青年，中年，壮年，老年
最后一站：暮年

母亲
你是在老年那一站下车的
你下车，你在我们的泪雨中消失
随后，你在我的脑海里复活
你的时间凝固于一瞬

人
人群，人声鼎沸，在所有的城市
几乎都是这样

这是数也数不清的道路
一个人就是一条道路
一个闪念就是一条道路
一种神情，愉悦的，感伤的
绝望的，冰冷的
人，人群
鱼一样穿梭，游移
我们看不见的，火一样的激情
被无形之羽托起的思想
飞越九月的山谷
飞越断层
与疼痛

我们就在其中
是其中的一个，一个小小的幸福
透着小小的忧伤

其中
所谓苍茫，是一粒尘土连着
一粒尘土，一滴水贴着一滴水
岩石抱着岩石

一片树叶示意一片树叶
风推动风

"后来，人们沿河而居
不再思考那个疑问，那个深怀疑问的人
终于幻化为微尘"

就是这样
谁也不能改变，谁也不能重返从前
谁也不能逃脱死
我所理解的永恒的沉睡
被永恒安慰

在记忆的另一面
母亲，你守着蒙古高原
那广大的安宁，牧歌的故乡与怀想
你是安宁中的安宁
你是崇高的
幸福中的幸福

在记忆的另一面

一个圣婴刚刚降生，你守着她

守着贡格尔河边的光和奇异

那一天，蒙古大地百花盛开

从肯特山到阴山

从克鲁伦河到西拉木伦河

从阿拉善到海拉尔

从喀喇沁到乌兰巴托

因圣婴降生，异香弥漫

彩云在天宇变幻

就如预言

第四章　神　鸟

母亲
如今，你走在哪里了
你走在蒙古大地上方，白云之上
在记忆的另一面
你活在家乡

九月
神鸟衔着种子，衔着小小的秋天
那微黄色的成熟
它要飞到远方去
在那里放下种子，如人类
在异地放下某种心愿
就是这样，这是秋天的迁徙
神鸟很平安

曾经有一个少年怀着太多的疑问
从埃及出发

到约旦河边，到耶路撒冷
他小小的祈求撼动大地天宇
他遭受重重苦难
但不思结局

后来
他成为光，成为神之子
他的光荣与梦想，在遗失的圣杯中
不是血与血痕
也不是指纹
而是笃定

"口述远大的人安坐于故乡的土地
他守着神秘的誓约
他是一个洞悉真知的人
相信神路，拒绝长途"

母亲
就如我信你，我信你活着
以另一种形态，在另一个时空
我知道，我承认

对于我，这是一个遥远的梦

我找遍人间，我找母亲
所有的道路都是相同的回答
查无此人

我仰首问云，云没有声音
你就这样失踪了
杳无音讯

我相信风啊
在它的头尾，两个世界，多种色彩
一静一动，在这之间
人类伟大的悲苦已经成长为森林

母亲
你不在长风的头尾，你在上方
也在风中，我可以感觉那种柔和
棉一样，水一样
光一样的质地
那是我一直向往的

可以以命献身的奔赴
投向你！我的圣境

那是唯一的地址
风与水的故乡，光的故乡
蓝色水面闪闪发亮

那就是我常常梦游的地方
那个地方，你想近就近
想远就远
想去未必能够抵达，若你恐惧
你可以逃离

在两条并行的线上，风
有轻有重，绳索起伏，高低不同
母亲，那一年
在西拉木伦河大峡谷
我看见一面山坡是树
一面山坡是土

就是这样

人类与鸟类的家庭也是这样
一个是父
一个是母

我独自穿越西拉木伦大峡谷
是八月，在两种色彩之间
在安宁的谷底与山顶的风之间
在阳光与暗影之间
我走过自己的生活

在仰首可见白云蓝天的地方
一定有神灵
这是可以感觉的，柳枝微动一下
我的心就动一下
我的心接受恩赐的召唤
充盈感动

无限感激你生养了我
母亲，那一天，我以男人的身份
独立行走于你的降生地
古老的时间刻入岩层

年轻的时间随我行走
你在另一个地方
一些时间在遥远的地方
我行走，表达渴求

"西拉木伦大峡谷，时间的通道
箴言之树生长的地方
被盘旋的苍鹰一再丈量的所在
透着肃穆，尊严与慈悲"

我的散落人间的亲人呐
我的内敛高贵的血脉
因为你们，我的诗歌的高原
会在漫天大雪中闪现森林
亮着灯光的营地
还有母亲的衣衫

这就是我们的命与生活
我希望你们懂得
一切活着的尊严都有羽翼
目光和泪水就是羽翼

奔跑就是羽翼

站立等待

风是羽翼

我希望你们崇敬周围的一切

包括你的敌人

请微笑，请忘却仇视

你的敌人，某一个人

也有仁慈的母亲

我希望你们通过一针泛黄的草

接近秋天

接近歇息的水，泥土

打着响鼻吃草的黄牛

接近不朽的定律

以你向善的心灵触摸这一切

在一切可能中亲近圣灵

我希望你们铭记

在母亲离去那天，一个

伟大的预言复活了

那是死者的安慰

"那条河流孕育了一个辉煌的帝国
那些西去的人不仅在中京留下了古塔
也在上京留下了乡愁
后来成为沿河而生的杨柳"

那是安慰
母亲，我在八月独自穿越
西拉木伦大峡谷
突然面对时间与光明之门

这是被雷电劈出来的裂缝
峭壁从不接受人类目光的打磨
山顶上的树木已经苍老
它们在那里望了太久
直到峡谷深处长出新的柳林
它们才通过落叶发出叹息
一切都还不晚
六月的雪迟迟融化汇入河流
时间不晚

怀念不远
关于河源，在自然的谱系中
就如人类周身的血脉
存在神秘的出处

瞬间进入无形之门
我感觉到凉意，一群鸟突然惊飞
它们扶摇，它们是风中的鱼
是雷电中的幸存者
它们是西拉木伦大峡谷宠爱的精灵
它们惊飞，不是恐惧
而是接受了某种指令

那是安慰
它们飞，它们迎接我
它们在峡谷上方条状的蔚蓝里
成为我的指引和伴随

从西拉木伦大峡谷到普陀山
长风未断

母亲

那一天，我航行东海，我归来

从许愿的圣地归来

我用心对佛，我用心说

这是不可改变的朝觐

我期待的契机是在雨后

这被洗净的大地天空

山野，仁慈的观音

今天，我最高的崇敬与热爱

源自最深的安宁

在普陀山

我用心说了一些话，我的祈求

在闭目的过程里生出翅羽

在风里飞

"万里传帛书

信使未能抵达终点，他手指海洋

说了一句无人听懂的语言"

那真的是一种精神洗沐
一切如此通透
一切如此洁净

佛说
你不要回头，有一种心愿
已在身后

这是深刻的暗示，在我等待的日子里
在我自省的日子里
我的默念，在肃穆的核心追随飞
与光相随，感激九月的人类

我没有回头
时间在前方，也在身后
在身后，在伸出手指就能感知天地的普陀
风就是佛性

风
风中密集的根系，我们穿行于缝隙
鸽子飞行于缝隙

历史的高塔，在时间之隙
一刻一刻退远
终成点滴记忆

在普陀
今日同行的人群曾经出现在梦境
熟悉的，陌生的
走入缘定

在亲切的示意里
我的心安静下来，我如秋天里的
一片叶子，在必然的时刻飘落普陀
我注视，接受注视
我仰视，接受俯视
我的目光在光里
我能感觉的律动，它的存在那么久远
它等待我，在普陀
在我每一次敬香的一刻
我感激！天水一色
多情山河

"敬奉者，将一颗心交给默念

他面朝四个方向

许下十个心愿"

母亲

对山河，我敬，我爱，我恋

我的全部的思想

都在其间

你曾说啊

这就是故园，有农田，有水

有湖畔，有海岸

也有喟叹

那时

我听着，我的目光凝视远方

后来，很多人说

那是地平线

已经在那里的人呐

我的亲人

已经煮好奶茶，备好哈达
是蓝色的，象征尊贵
就像高原蓝，仓央嘉措的春天

就像我的少年
雨后，我蹚水，不见地面
肯定也不见草尖
可是，我的欢乐就在那里
就在顽皮的呼唤里
在山前

对山河
我敬，我恋，我跪拜瞬间
就是永远

可能
现在我就是你的远方，母亲
在雪窦山的雨中
拾级而上的人
在悬崖一侧倾听瀑声，只能倾听
这雨雾，高大的香樟和马尾松

护着精美的屋脊
故人在天台的石头上留下气息

在某个战乱年代
雪窦山见证干净的爱情
山下的雪窦寺，始于晋代的梵音
至今飘在雨雾里
一个心愿
在雨雾里

曾经在雪窦山顶眺望群山云海的人
如今已经沉寂
在时间之岸
在一声苍老的叹息中，一个孩子
在遥远之地呼唤祖父
母亲，我呼唤你
大地呼唤雨

"西去的契丹呼唤祖州
直到中亚，在巴尔喀什湖畔
骄傲的契丹被时间征服"

期待再见
雪窦山！我会再次拜你，阅你
在你的林荫深处
我会脱下一路风尘
如果有阳光，我就能看见飞瀑
看见你在光里
向我飞

这清朗之地
水的肌肤闪亮，水推动水飞下山崖
水接住水，水拥着水
涛声接住涛声
人类的命运接住命运

南方的剡溪不问世事
她流淌着，清澈着，见证很多人
从时间中出现
在时间中消失

母亲

我在清朗之地许下心愿
我默念，对四个方向的神灵
我敬奉！我能感觉到你
在任何一个方向
你的存在就如梵音
在风里，在水面，在绿叶上
在光明的流动中

我是你的小小的预言
臣服更大的预言，像水滴
臣服溪流，溪流臣服江河
江河臣服海洋
海洋臣服日月

就是这样
日月臣服苍宇，苍宇臣服一个意念
在神圣的注视中
我不是孤独的微尘
我有记忆，我有怀念，我有体味
我有你！母亲的山河
一直对我照耀

"在薄如蝉翼的秋天，枫叶红了
北方的鸟类开始迁徙
农人们已经收镰"

温暖着
人类的肉身，肌肤，精神的贴近
母亲，是你的赐予
让我在有限的旅途感受无限

还有语言
诚挚的，隐秘的，必需的
我的表达总会在一个时刻
有时从容，有时惊心动魄
有时感伤

但你照耀我
母亲！你，我的血脉，泪水
我的无边无际幸福的源头
我的基因从不说高贵
在最沉默的岩石上

刻着我的家族史

母亲
你就是上苍的遣使
你给了我生命与深情
你就完成了使命

在人间
听一声门响,生死两茫茫
你去天上
我在地上
可相望

可说感激
可说,我真的想你啦
雨从天降
泪成行

你没有对我描述过黑暗中的事物
你说草地上羊群
是一些星星

你说醉酒的贡格尔汉子，他们
是看护星星的人

你说黑暗的语言遇到火
就会变为灰烬
你说众神举着圣火走过天庭
裸体的圣童刚满五岁
他是月亮的主人
他满月时睡，弦月时舞
人间有难时
他哭

你说无人的路上活着灵魂
他们等着前行者，某个赶路的亲人
他们在路边摇动草
在路的尽头摇动风
在午夜，他们惊动昆虫发出低鸣

母亲
你说相思不是病，相思是苦
你从不说救赎

你在劳作中教会我们劳作

你在微笑中教会我们生活

你在离去时让我们体味亡失

犹如酷寒

如今你在遥远之地

让我感觉相思很苦

也很美丽

"存在于对应中的一切

服从一个主宰，那在无形中矗立的崇高

吸引奔驰的马匹"

母亲

怀念你，我的忧伤也美丽

我行走人间，我已见过太多太多

荣耀的，低谷的，绝望的，得意的

终究会死

我的美丽活着

你就放心

行走人间

母亲，为了一个年轻智慧的女子

我在异乡高唱长调

我心凄苦

唯有你知

就是这样

我所憧憬崇敬的美丽山河

被雾覆盖

没有关系，雾

不是误

不是路

不是谎言，也不是躲避

是真实的幸福与悲痛

贯穿的一生

因为泥土

我们成为姐妹弟兄

"被注定的，人的一生

臣服引力，强大的心

臣服无声的泪滴"

母亲

我想你！我在异乡

我在大地与天堂的临界，我注目

我微笑

我祝福

我用心血凝成的声音赞颂自由

在九月的江淮

树的分枝与绿叶，大地上的花朵

淮河流域的船驶过清晨

在皖南的怀宁

诗人的母亲在旧屋苦苦怀想

早逝的儿子

长眠的丈夫

自由

是感受生的尊严，包括痛楚

曾经年轻的爱情

如何面对风雨

母亲

在你从未到达的南方

这个九月，中秋将近，你很远

你在天边的天边

我在灯前

我在一缕一缕光的编织中感叹

这夜晚

热爱生活的人

多半远离家园

这夜暗

一波一波翻涌的浪，轻柔的旗帜

刚刚礼佛的人

许愿普陀山

祈愿平安

"古树未显苍老，你看新枝

那种伸展与飘逸，在生满青苔的石墙上

古树的阴凉那么浓密"

母亲没有留下更多
她将最后的神情留下，就走了
她最后的神情凝固在空气里
在光与暗中成为永远的叮嘱

这是三世的亲人
到来，离去，记忆的天空都会晴朗
母亲，你最后的神情
你的孩子般企盼与无助的双眼
除了亲人，你已不再凝望远方
我们，你的后人
是你最远最亲的边疆

这种联想很痛
死亡啊！就如掀开一道帘子
一个亲人就消失了！像一缕烟尘
融入不可触摸的天际

活着的人
比如我们，会在醒着梦着的人间
燃纸祭奠，你的干净的

我们看不见的灵魂

在这样的仪式中亲近我们

让我们流泪，也让我们微笑

相信灵异存在

近在咫尺

"与树木为邻，终生体味轻触

感觉树下的风吹过肌肤

这就是幸福"

母亲

我们在心里呼唤你，在梦里

我们可能与你重见

相隔两重天

真是生死一线

母亲

年轻的，年老的母亲们

你们是神

你们用一个叫少女的时代

培养了神性，像干净的水流
汇成河流，这世界大地的美丽氤氲
终成海洋

在某个清晨
母亲劈柴，点燃灶火，我在院子里
看着无比神奇的炊烟
向着天空升起，飘散
那个年代的生活啊
温饱就是最大的幸福
而母亲，是温饱平安的象征

在我十八岁那年
我远行，列车穿越群山隧道
穿越我的神秘与憧憬
机车汽笛长鸣，巡道工
那站在路基边缘的人
比我的想象更神秘

就这样
我把故乡留在身后了，母亲就在那里

在我的降生地
她开始一刻一刻，一天一天盼我
她盼我归乡
她泪滴衣襟

母亲
我从不曾设想，在你离去后
我奔向节日
不会的！因为只有你才是我的方向

"向活着与故去的母亲致敬
用酒敬奉，用心祭拜
用凝视复活少年的记忆
用热爱回馈无所不在的庇佑"

这就是信仰
我们的母亲，她所守望的家乡
我们出生的地方
永恒的圣地，净水流淌

即使你是帝王

你也敬爱母亲，你也会在独行夜路时
想到母亲的手
她是我们少年的光明
我们的祈愿
在她身旁

即使你浪迹
在所谓天涯，只要你想到母亲
那个生你的人
你就不会孤单
至少，你还有怀念

母亲
这就是我的顿悟，可能不够
可能浅显
可能看不见远山

可是
这个就是我的信仰，念着
就有寄托幸福
无论他是谁，只要念起母亲

就会泪落无言

为了一个心愿
我走了六处圣地，从东海之滨
到河西走廊，可以会意的手
在水中，在风中，在青砖垒砌的
遗址上，我触到不老的时间
它活在心愿里！母亲
你留在人间最后的表情
不是遗嘱，你在暗示
另一条道路

"在佛性永存的凉州
会盟之地的白塔已经成林
曾经相握的手，如今隐在光阴背后"

老去的人们
正在老去的人们，他们
所象征的时代，透过服饰和语境
表达的眷恋，将永远被后人尊重
那是长在贫困中的热爱

精神的典雅与举止的高贵

也在其中，那是我们这一代人

一再回忆的往昔！母亲

我们回到少年

你正值中年

在途中

在十月的阿拉善，面对岩石壁画

我幻听海浪，岁月深处

孤单的岛屿

置身西凉，我遥望东海

眉宇慈悲的观音

在这之间，辽远的山河

在无穷的变幻里等待我

母亲，在衡山南台寺

我看见山谷尽头的人家

被早霞辉映，鸣叫着的鸟

飞过晴朗的空中

我看见你

如今你在土地与天空的心愿中

成为我只能跪拜或仰视的崇敬

没有你
我在人世永失降生地
你，母亲，曾经等我的人
在故园为我留下灯光的人
走入远途，我能想象的远途
不会是寂灭！母亲
我相信你在柔和的光里
你会瞬间抵达，那是我
一再歌唱的圣境
在葱绿与金色之间
在橘黄与淡粉之间
在鲜红与洁白之间
你的再生地，我所失去的
所有的亲人，都已纯真复活

我相信
每时每刻，你都能看见我
所谓光阴，对我是长河
对你是水滴

而星海
闪烁在我头顶的奇异
对我是无尽，对你是一树果实
我能感觉的天堂
就是你的去处
我苦苦怀念的方向

"你可能没有见过南寺的星空
在阿拉善，一个获得彻悟的人
给世界留下了道歌，他进入了永恒"

一炷香
就三支，我敬天敬地敬你
母亲，我敬一切静着的魂灵
我敬还未到达的时间
为我的后人
他们平安的一世

就三支
在洁净的圣地，我闭目

我将焚香举过头顶
我拜四个方向
四个方向，大地，山川
河流，林地

你在
我有个家，你不在，我撑起一个家
等我的孩子回家
母亲，从普陀山开始
我在六个圣地许下相同的心愿
是第一次，我跪拜
从东海之滨到西凉雨雪夜
我的虔诚没有改变

梦你
依然在艰难的岁月，母亲
那时你并不老，可你的头发白啦
春天，我跟在你身后
我撒下玉米种子
你躬身刨土
我嗅着气息

我们无语

我们在绝对的时刻成为母子
我的唯一的母腹
最初的路

这无可抉择
这是伟大的天定，我的通向
人间的旅途

后来
在蒙古高原，我迎来童年
我的最深的记忆
是一条铁路，一个小站
一个叫玉皇的地方
随处可见杨柳
那个站牌，白底黑字
提着背着行李的人群
蒸汽机车，汽笛，水雾
谜一样的信号灯

我就是在那里与母亲挥别的
我十八岁，我的前方也十八岁
冬天的记忆，属于永远的十八岁

那时
母亲并不老，她的头发已经花白
她的眼睛，为我的远行
无声流泪的眼睛
在一个背景中
是我永生的痛
那时的老哈河
已经冰封

"圣地，是那个让你一再回返的地方
那里牵着你的魂灵"

在泪流满面的山河
母亲的黑发一根根变白
我知相思之苦，我知隔着海峡的
两片大陆，弯曲的岸
就如某一种时间

我知年轻美丽的心灵

每一毫米的等待都充满希望

关于南方和北方

夜与昼，笑与愁

我知置身其中的长路，我的身影

怎样牵动母亲的凝视

我知！我曾经忽视的身后

为一个方向，我的奔赴

无法释解身体的语言

我知

每一丝气息都是热爱

我知陈年，母亲

那么洁白的雪写就记忆

我在其中，我走向一个人的雨季

某个夜晚，泪光照耀的世界

我知残缺的一切不可修复

泪流满面的山河为何沉默

我知

一切，我都记得，我的一切
像一滴水，拥有天空
也拥有大地
这早已注定的一生

"有一个年代活在蒙古长调里
那是永远不会泛黄的草原
那里河流清纯，鹰飞高天"

在我人生的中途
我突然失去你了！母亲
我知你已走远，这比严冬更冷的事实
冰面上的清雪，足迹
我的曾经的家园
如今已无你的声音

我知怀念深重
我所寄望的天宇，被我
一再想象的境地，我的天堂啊
已经安顿一颗慈悲的心灵

我知
你已往生，给了我生命的人
也给了我常常流泪的眼睛

我知
不能不说的孤寂，永别
仿佛隔着墙壁，隔着遥远的天际
我倾听，在人间夜晚的那边
此刻阳光灿烂

母亲
此刻，我独坐凌晨，人的概念
在光明与黑暗中叠加
我的记忆从一个严酷的冬夜开始
到老哈河南岸
背倚燕山

那是另一种告别
我知往昔不远，就如刚刚熄灭的火焰

我知

关于你，我的一切想象

都不可能超越光明，即使

在午夜厚重的黑暗中

在仰望的尽头也有我迷恋的星子

从少年开始

我的仰望里

充盈诱惑

我知

即使我迷失前路，在我的身后

也不会传来你的呼唤！母亲

没有你了！我几乎遗忘了

我的乳名

我知

那是有你的蒙古高原啊

在西拉木伦河与老哈河之间

勒勒车的轮声惊动辽国

马到上京，马到林西

耶律家族的后人隐姓埋名

最终迁徙西去

"西去，鄂尔多斯，伊金霍洛
传说，日出日落
一句伟大不朽的箴言
倚着黄河"

最终
在克什克腾，我站在贡格尔草原
我对天地说
我知！在人间，我的母亲已经远行
她走向天际
她进入永恒
我进入哀痛

对母亲
我进入此生此世的缅怀
我曾是她的远方，我移动着
她追踪着，在越来越长的时间里
她越来越老，最终离去

我记得那个寒冷的冬天

我独自归乡，我亲爱的母亲
已经闭上双眼！她不再等我了
她把我交给了异乡

我知
那一天，母亲高贵坚毅的魂灵
已经幻化为雪
关于飘落，我能感受的仪式
来自天宇，我在夜里仰望
雪落额头，雪化如泪
我心感激

我知
我们活在不朽的定数里
秩序井然；我们走在自己的时间中
说幸福，说悲痛

说曾经的青春
在什么年代随风走远
说某个故人，在我们内心
占据什么位置

我知

无论我说什么，我的母亲都不会复活

就是这样，在某个凌晨

她先入我梦

之后进入我的诗歌

"不一定需要仪式，关于缅怀

是一颗星子凝望另一颗星子

其中的一颗已经消失"

第五章　接　受

我进入懊悔
母亲！我进入怀念的核心
在那里，我再一次做你的儿子
我一定会在你身边
将外部世界
还给想象

但是
今夜，这只能是我的幻想了
此生痛失，此生
母亲，你在最后的时刻没有等我
这不是你的心愿
是我不孝！是外部世界
那么多事物使我滞留
让我忽视回故地的旅途

失去你

我所感觉的疼痛如此真实
几乎难以愈合伤痛
我对夜与昼的世界说
光与暗，河流与岸
昨天与明天
都不能令我释然
只有怀念

我进入时间
它无色无形
它有律动，它飞旋抑或安宁
都呈现通透
母亲！我接受了！我接受
痛失你的事实
在人间，我将永怀诚挚
苦念相思

"在一片鲜嫩的叶子上，佛光浮动
充盈的心，在浩荡的风中实现飞翔"

我承认

在雪山之脊那边，油菜花将开
一派金黄即将装点古老的生活
我不愿掩饰
我的欢乐与悲苦
关于彼岸
那么多先行者
因为河水
足迹消失

除了爱与信仰
他们不想留下印痕
自由也是鸟翅，它们飞，在空中
也没有留下印痕

当暴雨淋向森林大火，逃生的豹子
放慢脚步
它护着幼豹，它嘶吼，大雨
隔断火焰
豹子蹲下，豹子回头，豹子温柔
它凝望水光上的点点灰烬
有一种异能

隐伏在深处

母亲
在这一切之间，你和我的父亲
在天国耕田，在天国牧羊群
你们记得我们：你们的儿女
在春天更需要食物
母亲！你对我的父亲说
储藏五谷吧！孩子们
终有一天会奔向我们
他们走过遥远的路
需要水和食物

母亲
想对你说南方的雪，北方的雪
阳光下父亲的身影
他人在天国
他留在大地上的眷恋与怀念
如今融入我的歌声

"佛珠的光泽里浸润心念

在光阴中成长！河流，远山
一步一念的人间"

隔岁相望
隔着窗，就是隔着生死苍茫
我走过雪，雪走过一月
一月走不出永恒的时间
母亲，你和父亲
在一条圣洁的河边
念我们的乳名
我们，你们的儿女
在人间悲痛中微笑
因为你们依然活着
因为梦

因为广大的忧思与怀想
在时间中倚着真理：独念与苦念
是岩壁上开放的两种花朵
一种如水，一种似火

母亲

在人间途中，我遇见很多
心怀善意的人，他们
拥有那样的真理，相信源头静谧
所有的河流，在注入大湖时
都不会发出喧响
而你，我的母亲
你在大雪纷飞时永去
我写给你的书信
再也无法投递

我迷失于路途
被我亲近的异乡事物
活着的史实已经衰老
它深藏在巨大的静默中
等待年轻的手指翻动扉页
然后是第二页

母亲
思念，大概就是这种形态
一定会被尘封，我不会说
这是人的过错

时间也没有错
一天，然后又是一天
一年，然后又是一年
被尘封的往事与记忆
渐行渐远

我是说淡忘啊
母亲！你的营地，留在人间的标志
隆起的黄土，青草与枯草
那小小的家园，我的怀念地
在岁初的严寒中
远离繁杂尘世

"懂得守候，哪怕在漫长的孤寂中
也不能失去凝望，相信道路
相信在没有尽头的过程里
存在水一样的尊严
那是幸福"

你象征母族的荣光
你的姓氏里消隐蹄音与风

在微明的山顶怅望北方

越过西拉木伦河就是故地

母亲！一个部族

在你的姓氏中走远

雪落群山

大地无言

在第三页

从南到北的雨阵，大马群一样

席卷六月

空中的云猛烈翻滚

有一种声音越来越低

闪电连接天地

这个时候，母亲！你隐藏右手

你的左手牵着马驹

你让我回到少年的夏天

你说：自己走啊！我不可能

一生牵着你的手

母亲

我在没有你的世间苦苦遥念

东部蒙古，老哈河

西拉木伦河

两河交汇，辽河的北源

曾经送别契丹

曾经目送剽悍的清军挥师入关

曾经让我坐在岸边

看一只鹰

越飞越远

在第四页

贡格尔草原上的羊群走向高处

母亲！那里是你的降生地

夏夜，满天星斗挂在头顶

最亮的北斗七星

与人类最亲

而银河，传说中的阻隔

成为善良心灵遥远的寄托

真的无以诉说

母亲

我念你的目光，你的身影

我念少年时你的庇佑

在艰难的人生中

你的微笑

是儿子感觉的平安

在第五页

母亲！我面对六月的雪

六月的草原，羊群没有出栏

"自省，在拯救心灵的一刻

神秘的推动悄然无声"

我忍着泪水

在中国南北分界线上的蚌埠

倾听夜

夜里的龙子湖

以她的美丽魅力告诉我

那样的洁白

六月的雪

只能在高原

望着

感觉着，我的途中的灵异

给了我巨大的安慰

母亲

被线条与光勾勒的江山

在悲伤里

我们是人类

我们不可能在神的面前说天空

今夜，我如此怀念有你的日子，我的少年

恋你的日子

清明

母亲，我和我的兄弟们跟在你的身后

看见草尖萌生

地平线与天相连

在我的少年

老哈河水流过辽蒙属地

我站在元宝山下锃亮的铁轨上

歆羡巡道工

那时
我已经对远方产生想象了
燕山余脉脊背的白雪，与蓝天
形成天地幻象
鹰在盘旋

母亲
如今，人间的一道铁门已经对我关闭
这是有你的人间
我知道，人间道路百万里
总有出发地
无关叹息

"那是月夜一样的背景
树林护着安睡的村庄"

我思慕的河道出现蓝色大水
母亲站在一侧
在一幢红砖楼上

我与母亲面对老哈河
河南是燕山连绵的山脉

母亲已经瘦小
通常寡言，如果她的儿女们
在她身边聚集，围在桌前
吃一次午饭，就是她巨大的幸福
可我离她最远

在那个叫异乡的地方
我是母亲的四季，是天气
她用心灵瞩望那里
如果她获得我归来的音讯
就会日夜企盼
我是她牵挂最深的儿子
活在她独自的叹息中
我曾是母亲醒着的日夜
窗外时隐时现的声音

如今
我失去了一种倾听

那是活在故地的母亲

是山峰上的树木，泪雨中的神情

那是燕山以北的草原

是河流前方的蓝湖

那是我重新赢得年轻美丽的母亲

我必须敬奉的佛性

"心怀笃定，有时不需要语言

问询前路，也不需要语言"

清晨

一只鸟在龙子湖畔梳理羽毛

是洁白的羽翼

另一只鸟在飞

在这犹如仙境般的人间

我没有发现雏鸟

母亲！我可以想象艰辛的生活

在老哈河北岸

我记忆中的童年

至今跟在你的身后

是清晨

我走在水边，洁白的鸟在水边

你的魂灵也在水边

母亲！我是能够感知的

你的目光，你的体温，你的歌谣

你的辛勤忙碌的身影

节日之夜，你的笑容

当我用一行诗歌形容慈悲时

你是我的激励

我选择最洁净的文字

描述人间大爱与大悲

大悲啊！是一瓣心香

点亮的忧伤

母亲

当我看见一个幼童

吮吸母乳

我对你的崇敬充满疼痛

我再也不能报恩啦！母亲

只要我想

在每一个夜晚

我都能看见你的眼睛

这才是我一生一世的光明

是在淮河岸边

我长久停留，我的意念

是完成你远行的心愿

母亲，你已不能抵达这里

你的生命凝固在蒙古高原之冬

在这里

我凝望北方，在金山岭以北

鹰一般展翅的贡格尔草原

拥着两条河流，它们是近亲

是近邻，但奔向不同的地方

在我的信念中，西拉木伦

这隐忍的河流是我的姐姐

贡格尔河是我的妹妹

母亲，你曾在我们之间

你是另一条河流

你推动我们，你爱我们

在你葱茏的青春里
你就确立了爱的坐标

"一定有什么，一直走在前头
夜晚群星闪现，天宇安澜
人世灯火依次点燃"

我无法想象你离别的时刻
你远嫁，你流泪，你频频回头
在你横穿西拉木伦河时
你身后的草原随风飘舞
那是仪式，就如远古
就如大军出征时牧歌回旋

七百里
这是你远嫁异乡的距离
你说，从此以后，你再也没有回返故地

母亲
在我的少年时代
我记得你梳妆的时候，在一面镜子前

你梳理乌黑的长发

你的背影里飘着异香

那时啊

我总盼节日，端午，中秋，春节

甚至清明

我都会跟在你的身后

走向山野和青草

是春天

蒙古东部丘陵地区的复苏

是松软的土，泛绿的草，鲜嫩的苦菜

是一只麻雀在屋檐鸣叫

是燕山余脉山脚下的河流

告诉我燕子将归

那时啊

垂柳绿了，柳哨响了，冰融化了

我们换掉棉衣

但留住幻想

母亲，那时，你会带着我们

翻土，平地，施肥
在距离草原七百里的地方
依然可见孤鹰盘旋
深灰色的天空
依然显得那么遥远

那时啊
我想留一丝清明的风
牵着并未走远的晚冬和雪
我记得与你行走的寒路
在丘陵深处，随大风滚动的干草
低头觅食的牛羊
我记得无比艰难的日子
也有幸福的日子
一家人围着炉火
看着节日的夜色慢慢降临

母亲
你的黑发，就在这个过程中白了
你的影子变得舒缓
像深秋时节的河流

像我熟悉的故园山脊的雪线
光泽慈悲

我记得你的隐忍
在劳作中，在寻常的日子里
你总是在我们的前头
你面对时间之刃，你也叹息
面对土地，你盼收成
你在清晨焚香，你祈愿一个秋天
能够养活另外三个季节
我们，我和我的兄弟们
是你的儿子，也是季节之子

我记得你的眼睛
有时含着欣慰
有时含着泪水

我们
有一种躲不过的命运
母亲，你是我们的神

"永恒的光芒啊

命中的缘定，缘起于洁净的水

感念天地所赐"

在淮河岸边

你才是我的北方，那时光

叠加时光的存在

我曾试图分解某种苦楚

比如我在诗歌中念你

我感觉你有时是火

有时如冰

你曾是我们的苦乐年华

无论相隔多远，你都是我们

奔向故园的理由

至少我是这样

在人间，我是离你最远的儿子

在你的心里，我是离你最近的儿子

我知道，对于你

我远离，是神秘

我所置身的远方是另一个神秘

我试图分解的
是怀念之岭上的积雪
我笃信你的语言在积雪下面
我想知道，母亲，你为什么突然离去
在我亲爱的家里
从此不见你的身影

我一万次问询
行走天空下，在任何一隅
我为何都能感觉到你的注视
你的慈爱内敛的目光
为何成为我的星群

因为你的传承
我告诉自己的儿子，要懂得
向每一棵树致敬
那种站立，那种不移
那种接近母亲的形象
能够使我们直面风霜雨雪

那才是最坚毅的等待和守望
在所有的方向
母亲，只要看见树木
我就幻听你的声音

"秋天的光芒，一直铺展到冬季
感恩的人，感恩的心
这永生永世的激励与温存"

岁末
这是你永远离开的时节
我在淮河岸边远眺北地
北方啊！那辽远博大的气韵
那里的河流与草原
梦一样的羊群
我当然不会遗忘北方的群山
我记忆中的斜坡上的积雪

母亲
远隔山川，我想你

我在树木之间念你
我看见长空云散，众鸟飞尽
我看见天空重现完整
就如经过神秘的缝合
如果人的心海能如这般熨帖
是否就会减轻疼痛

如果我能早一天懂得
母亲，你才是我最爱的山河
我就不会时时远离
你走了！我才感到
你才是我最深的迷恋
最真最深的魅惑

你曾年轻美丽的年华
是另一种树木，我曾在你的树荫下
你哺我，你育我
你静止，我就有了星空
你微动，我就有了大地
你落泪，我就跟着哭泣

你才是我成长的天与地
你走了，我听到根系断裂
我听到天宇的声音
雪落如呜咽，西风如刃

"在梦里，有一双手晶莹剔透
那是我们用心赞美的纯洁
紧握着乡愁"

从那一天开始
在这个世界，我痛失一个名词
母亲！举目四望
没有你，我永失家门

那一天
我在途中看见血红的日落
我没有接受暗示
后来，被我深爱的红
也就成为永恒的自然之语
哪怕是在午夜，我也能感受
来自天宇深处的红色星体

那种照耀，就如母亲
用目光传导的温存

菩提
母亲，我在你的树下安坐
看氤氲起伏，我是你的菩提子
曾是小小的一颗

望山河有恩
我降生一地，一刻，一瞬
我在你的血液中学会人的语言
我也学会了阅读
你给了我通慧的心
清澈的眼睛

在你的身旁
我阅读劳作，你的身影
我阅读黎明的炊烟，盼着食物
夜晚，我阅读灯火
是一盏油灯，如果光明变暗
你用针尖挑落灯花

我阅读你的气息，你的眼神

我是一个在你的庇护下长大的孩子

少年时，我阅读麻雀的翅膀

燕子的呢喃

在有你的家门处

我阅读地平线，远处的燕山

还有山前的河流

曾被我阅读为奇异，就在那里

在飘展的波光上

我阅读时间，那一天

我第一次阅读遥远

神秘而灿烂

我曾阅读你的辛劳

母亲，你将希冀和叹息种入泥土

是清明之后，在我长大的故园

你躬身，我阅读你背脊

被汗水浸透的布衣

我和我的弟兄们

你的期待丰年和温饱的儿子

学着劳作，那一刻
你直起腰身，我阅读你的欣慰

"不会有另一种替代
这多姿多彩的世界，时间之章
总在揭示的爱与别离"

在辽西西北
老哈河不老，这不老的河流
真的缠绕着古老的离愁
是啊，离愁伤神
但很美丽，离愁总是伴着相送
也伴着风霜雨雪

离愁
它的根系也在云中，云在雨中
雨落大地，根回土中
对于母与子，离愁
是子走远，向着山外与河流那边
奔赴某种前定，也叫前程
是母守家，倚着门框频频挥手

是这人间一步一远的距离
连着无形的脐带
叫思念

那一年，我十八岁
我走出草原和燕山
但始终没有走出母亲的视线

离乡后
母亲，我感觉老哈河留在天上
你守在岸边，望着一个牧羊少年

向北
我的归乡之旅逐渐向上
母亲，我此生仰望的高地
最温暖灿烂的地方
有成群结队的牛羊

在所谓远方
我是游子，我的心中有一棵
日夜相望的树木，在蒙古高原

母亲，你是遍地牧歌中的一首
在怀想的律动中
时间一寸一寸生长
思念一寸一寸加长

"被颂歌者，在静谧的云上保持倾听
这大地上生活，开放的花朵
在特定的时节里凋落"

关于爱恋
它紧紧贴附肌肤润泽的祖国
它的每一条纹理
都有神圣之语
它是母亲给予我们的
最初的抚摸，是永恒之火
你看不见光焰，也不会被灼伤
你在这无可替代的恩惠里
学会爱与感激
对于我，一个痛失母亲的人
这也是阅读，我阅读苍茫
母爱之语，依然闪闪发光

母亲

我知道，我从不怀疑

在这人间，只有你会牢记我的乳名

如果我忘了，你会在梦里呼唤我

让我重归童年

如果我醒了

我会追寻你的声音

我会心痛！我的乳名

我的因你而生的心智与想象

在故乡的麦芒上恋着阳光

我不知道

那些远行者记得什么

夜空静谧，广大的青草接住星语

接住轻盈的降临

我渴望接住一瞬暗示

至少，我希望你们记得离愁

记得自己的乳名

就是记得初始

母亲的恩泽

"伟大知遇转瞬即逝
不会重来一次，在高原上融化的冰雪
形成奔腾万里的河流"

我与你们
相遇在时间里，错失于时间里
时间之忆没有印痕
离开母亲，我们面对的
那个叫外部的世界，喧嚣不息
我们需要净水漫过心灵
在梦中，我们都需要
母亲呼唤我们的乳名

这是不可改变的约定
浸着血液，它的底色比月季更红
这是注定，我们与母亲在此生相遇
在来生相寻，在前生相亲
没有什么能揭示这缘起
只要有树木，就会有叶子摇动

我们就会听到鸟鸣

行走世界
你还记得自己的故园吗
那里的人们，节日，习俗
你还记得最初的离别吗
那里的道路，房屋
母亲的手，牵着怎样的离愁

我是记得的
我的十八岁的冬季和雪
我的十八岁的高原，我的亲人们
在雪后为我送行

我的母亲偷偷拭泪
我突然发现，母亲变老了
在时间决定的离别中
她没有握住我的手
也没有叮咛

我记得蓝皮火车

那个冷清的小站
母亲站在那里，她依然沉默
在与母亲目光对视的瞬间
我长大了！母子之爱
有时无须语言

"一定会有一封信，永远失去投放地址
一定会有那么一个时刻
你再也接不住故园的泪滴"

我相信你可以想象一条光明之旅的存在
它早就在那里了
一个心怀神圣的爱的女子
能够用生命护卫我们生
那时，我们就在途中
在母亲的羊水里
我们就如一个梦

是谁在那里呼唤
是谁在那里等待着我们
是谁在灯光下微笑

是谁，将神一样的消息
传达给另一个人

是母亲
在我颂歌母亲的诗里
我只能让父亲成为隐约的山脉
他也是护卫者
也有母亲

我已经习惯于观察这个世界
一株草，一棵树，一群鸽子
我的高原上的牛羊
当一匹蒙古马疾驰而过
我听见骑手大喊——
生啦！生啦！是个男婴

对于人类
这是出现在天地之间的奇迹
对于一个人，这通往生的旅途
让一位母亲，付出了
多少寄望与艰辛

"向她致敬吧！就如敬畏天地
就如敬畏神灵，明月高悬的夜空"

我们
是寻着祈福的声音移动的
后来也是

后来
我们有了姓名，小时候
如果母亲呼唤
她一定为我们备好了食物

后来，怀念
成为怀念中的一部分
一些母亲成为最美的传说
我们，成为传说中的一部分

在我虔诚的阅读中
母亲始终沉默，她守在那里
她成为故园的一部分

后来，当她成为诗歌意象的时候
我成为痛苦中的一部分
我想到马驹深陷沼泽
发出悲鸣

后来
依托平凡，我阅读母亲的一生
她成为佛性的一部分
在香火前，我忽视灰烬
我感觉到某种飞
像灵异那样，像母亲缄默的泪光
她成为不会消失的温暖
我只能感知她就在近旁
但是，她再也不会出现

"有一种声音说，如果你还没有悟透生死
就坚毅地活，活在每一刻"

今夜
我在蚌埠面对淮河，我阅读大水
令我感觉陌生的岸上人家燃着灯火

母亲！我相信这样的生活
那些窗子，高楼内部的门
在每一个家庭，我希望都有孩子
他们不会知道我
他们不会知道
我正在书写一部关于母亲的诗歌

古老的节日又一次临近
很多人准备回返
很多人就要奔向母亲

我站在淮河边
被我想象的孩子们
他们年轻的母亲，那些令我敬重的人
已经成为引领
她们，养育了子女的人
是庞大谱系中的一部分
她们是孩子们的神

我阅读
我看见淮河波光灵动

那是源流中的一部分

这有多好！母亲，我在异乡

我想你！也想北方高原

我已经听到雪的音讯

第六章　净　地

　　　"站在圣歌中的长者
　　　望着天上的鸽群，他在默念远方的亲人"

　　母亲
　　你说过的，生是长驰
　　死是守护，守护一隅生的净地
　　永不放弃

　　在蒙古东南部
　　一个古老的部族消失了
　　所谓远方，是怀想能够抵达的地方
　　人不可及，人，还有马匹
　　都曾在有限的空间里跋涉
　　你说过的，还有歌声
　　活在歌声中的人
　　他们将很多疑问留下
　　将后人和马留下

他们的心愿是让一辈一辈人
让一匹一匹马活下去
活在青草之怀
热爱鸟类

"独自行走高原的人牵着马
马牵着时间，时间牵着无尽"

你说过的
那些河呐，它们日夜奔流
一定是丢失了什么
我记住了！母亲
我已领悟，在一首牧歌中
那飘落着的，那不见羽翼的精灵
还会接续起飞
直抵天际

你是说过的
小麦有命，玉米有命，河水有命
你说鹰是风的孩子
我是你的孩子

在高原

你教我识草，你说狼针草有毒

苦草养人，鲜草养畜群

雨是云的孩子

你说，雨落大地汇流成河

河日夜奔流，雨丢失了母亲

降生北地

我有母亲哺育

在童年时代，我有传说滋育

那是高原上的传说啊

远行，长久的别离

英雄的坐骑死了，变为马头琴

传说的帷幕

在掀起一角的瞬间

让我看见苍茫的疆域，大马群

拖着滚滚红尘

你说，那些年轻的人们呐

到死也没有娶亲

"在一部史诗里，身着红衣的女子
洞悉巨大的秘密"

她是太阳部落的女儿
她突然失踪了，在一个雪季
她独自走了，丢下了坐骑

草原上蒙古马习惯于向北奔驰
它们是寻着气息飞的
它们熟记大地的密码
每当马首高昂，一根根马鬃
切割无色的风
空中就会出现鹰隼

我无比熟悉这自然的奇观
我的母亲，她终生守望北地
在传说中，她成为新的传说
她说，记住，它们是魂
她手指鹰隼，神情充满敬畏

鹰隼盘旋

偶尔可见巨大的羽翼

它们斜飞，喙部明亮

从少年时代开始，我相信

在高远的天空里一定有门

那不是云的缝隙，也不是雨的缝隙

那道门轻易不会开启

如果听到雷声

就是预示

母亲啊

那个总是站在我身后的人

让我感觉天地平安，可是

母亲是在哪一刻突然变老的呢

她曾经那么美丽

她乌黑的头发

是在哪一刻变白的呢

"一杯绿茶，一杯红茶

分别辉映漫长的古道，那里已不见故人"

就是那个时代
母亲对我描述往昔草原的日子
在煤油灯下，她目光如湖

就在那时
嗅着泥土的气息，我就可以分辨时节
在丘陵深处，母亲的形象是柳
她爱如柳丝，她护着我们
她对草原的描述
渐渐成为思乡的背景

她是那么依恋着土地
即使在冬季，她也会站在田园
她面对燕山方向
对一条河流献上心语

感觉翻越一道矮墙
就告别了那个年代
可我至今难忘燕子筑巢的屋檐
吹响柳哨，燕子就归来了
我也记得悬挂屋檐上的玉米

那种金黄完全能够穿越时间
母亲说，那是种子啊
燕子不会动它

我的煤油灯下的少年
至今留在北地
时光中的那道矮墙坍塌了
可我回不去了！母亲不见了
在异乡午夜，我感觉到母亲的照耀
就如在那个贫瘠的时代
她的注视，总让我想到
窗外迷人的星空

如果能够回返
我不会犹豫，回到母亲身边
任你华光璀璨
我守灯盏少年

我守一剪窗花的节日
守着母亲，寒夜和炉火
守一日三餐，或一日两餐

守着牛羊，看家的黄狗
守着高原四季
瓜熟田间

有一种怀念活在民谣中
它是御寒的衣服，纳底的布鞋
发黄的窗纸，它是邻里隔墙的微笑
习俗古老，就如记忆中的祖父
它是蛙声四起，裸体戏水的少年
是雨后的村庄，奔向田畴劳作的父兄
是古柳树下
说古道今的盲者

我会守住清明
那不是节日，是祭日
我和我的兄弟们会去山野
以不变的仪式看望先人

"仿佛一切都静了
走入午夜的人，遥念家门"

我渴望留住什么呢

母亲！除了依着你，守着你

我渴望留住比水更清澈的少年

夏天，飞着麻雀和蝙蝠的夜晚

母亲

行于人世，你总能让我平静下来

让我感觉你，凝望你

我已经走过半生

我的儿子，那个让你深深挂念的男孩

已经成为父亲

对于我

你的象征不是河流，不是屋宇

也不是树木

你是土

你是隔着青草的语言

或青草上的怀念，比如晨露

你是北方深秋的雁鸣

高一声，低一声

你是我们必须遵循的传统
留在血脉里，不说尊贵

母亲
我已经熟读自然，我融在其中
活着，我就是移动的一点
我心怀敬畏，如你在香案前礼佛
你的唇语天地可知

世上人
可以砍伐十万里森林
但无法阻止一声鸟啼
母亲！就是这样，我知道
我生于恩赐，活于卑微
我在你永恒的灵息中感激
感激日月山河
这已经足够

"一滴乳，一滴血，一滴夕阳
沉入北地的夜晚"

母亲！我在你的奶香，你的泪光
你的歌谣中长大
我听宇宙竖琴
慈悲无尽
你的恩泽无尽

当第一滴雨穿透夏天
树上的杏子绿了，桃子上出现绒毛
你在田园，我在树下
幼小的蚂蚁也在树下
这个时节，马莲花开了
那是令我神迷的淡紫
许久以后，我懂得
这种色彩象征北方洁净的爱情

那时
你在田园侍弄菜蔬
我嗅着泥土淡淡的馨香
眼前是红色的西红柿，黑色的茄子
绿色的豆角，地瓜铺展紫色的藤蔓

那是辽西丘陵向草原过渡的地带
在老哈河与西拉木伦河之间
向北，就是你的降生地了
母亲！我曾听你哼唱牧歌
那是另一种语言
美丽，有一些忧伤
但透明，薄如蝉翼
可见夏日的草场

可见飞在半空的云
停在异乡的人
走在路上的风景
沉淀在深潭的阳光

母亲
望遍天下，不见你，也不见故乡
故乡啊！是天上的草原
溪水流淌

"在古老的节日到来之前
寻找韵律的人，将一生所愿

寄托给一瓣心香"

奥秘无尽啊
这鲜红前置的七彩的光芒
覆盖牧歌忧伤

母亲
我念你！我想你！我焚香
我在这样的人间
把诗歌给了时间
把我自己，给了故乡

就是这样
天上的月光流泻八个方向
不问怀想

我所有的
至今留在北地的记忆碎片
在丘陵深处静着，我的母亲
在土里静着

空间一羽

相隔远大的时光，我看见一点

黑色的，那不闻鸣叫的精灵

让我确信，季节的迁徙

是无限精美的秩序

那不是隐喻

母亲！你在土里静着

也不是凝固

"必须珍重什么呢

在这世间，有一种目光就是仁慈"

有一种声音常伴左右

有一种庇佑无关生死

有一种非常古老的哀愁

在铁树上开花

如果你凝望夜色大地

就会看见神秘的图形

记忆的碎片就是我的童年

依然跟在母亲身后

我的母亲，那个用歌谣启迪智慧的人
那个将我引向高处的人
将我托付给异乡
她静着，我在远方，她在灯下
我曾经是母亲的天涯

我曾是那个恐惧身后的少年
入夜行路，母亲总提示我看着前头
如果没有母亲
我就会飞跑
我习惯于握住柳树的枯枝
或握住一块石头飞跑
感觉很安全，就像握住母亲的手臂
母亲的体温，随身携带母亲的语言
我在某种至今未解的奥秘中

"向一切灵异致意
向一颗平凡仁慈的心灵
表达无尽的崇敬"

在生前

母亲常说

你回家，就是节日，没有任何富贵

能够超越团聚

母亲还说，你要明白

掌心也是心，而你

是我的一根手指

掌纹连着指纹，心连着心

当我终于懂得

母亲是我最伟大的引领时

她就走了，她没有回头

母亲的掌纹消失了！我永远失去了

另一颗心，我永远失去了守候

凝望与叮嘱，我也就失去了

遮挡寒风的墙

我成了新的边疆

从此以后

这四个字，这含义丰富的语词

总会让我产生某种预感

母亲！从此以后，你留在

那片神灵出没的土地
你将我留在人间

在我的预感中
有一种等待已经等待太久
有一种告别已经告别太久
北方，阴山，燕山，阿尔泰山
这些隐藏着巨大秘密的山脉
未失慈悲，母亲安息的斜坡
未失静谧

从此以后
每年的这个时节
我都会想到告别，在老哈河以北
从辽中京到辽上京
积雪的大道上行驶着马车
我与那里，与这一切之间
如青草根系相连，也如碧空
一声雁鸣接着一声雁鸣

"在窗帘那边

被我们熟读的土地，就是人间"

在被我称为圣泉的部分
光明逸出午夜，自然之语轻柔
一只白鹭卧在水畔
树木静止，已经不见鸟群
我在梦中凝望那里
已经不见母亲

寓言诗
母亲，在老哈河南面
燕山余脉上的雪线，时光的门槛
在冬天泛着寒光
那是炊烟飞不到的高度
是对我的魅惑

在寓言诗中
科尔沁草地是一个辽远的概念
是母亲歌谣里被浓缩的时间
牧羊的人，牧马的人
怀有真知的人，朝圣泉汇聚

我的母亲，科尔沁草地美丽的女儿
她年轻的眸子和身影
在寓言诗中永存

母亲才是我最深的宿命
是我永恒的宇宙
在寓言诗里，我是一个
永远也不会长大的牧羊少年
是跟在母亲身后
从春到冬走过幸福的少年

因为母亲
谁也走不出这寓言诗
你要相信轮回的道路，像谜语一样
不断延伸的道路
你要相信预示，暴雨之前的雷鸣
你要相信悲痛，如果母亲走了
我们开始寻找往昔
寓言诗中会出现群山的余脉
山脊上隐约的树木和积雪
会让我们感觉寒冷

我的圣殿在没有文字的寓言诗中
这不需要朝觐的方式
只要你能感知到母亲的气息
你就存在，那是真实的
有些苍老和忧郁，这就像一些树了
你看不见挂在枝叶的沧桑
你能看见母亲，她一天一天老了
常常怀旧，说我们过去的时光

在敞开家门
就能面对河流的北地
母亲是移动的坐标，她总在
家的方向，母亲的气息就是呼唤
这不需要语言

"在某一种时间里，恩情已成记忆
如大洋中的岩岛，迎送潮汐"

五十年
我在一种难以颂歌的大爱里

成为见证，见证不紧不慢的时代
见证不喜不悲的母亲
走到一生的黄昏

最后
她进入寓言诗中最核心的位置
让我流泪阅读
没有比母亲更准确的形象
定位不声不响的家乡
你行走，你站立，你凝望
母亲的气息就在那里
在泥土上，在麦芒上
在一桶净水的倒影中
在近前，也在远方

在这无所不在的神意里
将怀念打磨为透明的心智
给逝者留下安宁，在每一块墓碑上
留下永生的姓名

母亲

你的气息永存自然之怀

在寓言诗中，你已经是我的四季

我与你，从此以后

再也不会告别，这永世的伴随

这日出一样的深恩

再也不会消隐

你的笑容在花间绽放

这无关雪季

母亲！我知善如水，我知晨露如心

我知你，我借一缕清风

梳理你的白发

我借长路蜿蜒相思

感觉有一些苦

"要怀念丢失的语言

在季节之间，要怀念一些花朵

一些人，为什么渐行渐远"

我知道

你在我一再想象的季节里

你在北地，在那送我远行的路上
倚着一棵开花的树

从此以后
我在哪里念你，哪里就是家
今夜，在淮河岸边
我听到暴雪即将到来的消息
向北回望，万家灯火明灭
我等待，为那飘飞
我愿守夜色
谛听众神渡河

如果必须说
母亲已经抵达何处
我就说无色自由的风，风中的高原
青草，河流与树木
然后，我就凝望山脊白雪
透着寒意的远空

这是我的态度
确认山的骨骼也有血色

也会疼痛。在那个曾叫昭乌达的地方
沿河两岸长满红柳
向北，横穿西拉木伦河
你就离天近了，云就在头顶
你会看见黄牛横卧路上
它看着你，看着异类

在这之间
一切遗痕都有光泽，古刹
应昌路，鸡血石，上京的郊野
在大青山之巅眺望，连绵的山脉
就在燃烧

"那是静止的火焰
形态接近大河的波涛"

原来鹰也可以在我们的视线下盘旋
火焰是另一种飞翔
原来，一切竟然如此有序
我们到来，我们离去
一切都不会发生改变

只有远方的大寂
仿佛微微动了一下
然后闭合，复归远初

那微动着的
是北地的大河，闪耀金黄色
在母亲的歌谣中，它是血
是必须敬献天地的哈达
对万里归乡的骑手
它是最柔软的安慰

对于我
它是语言，是一刻都不会重复的语言
它是诗歌的品质
我的高原上的心灵

"河流啊！是一辈一辈草原女人
最美丽的嫁妆，她们不会带走嫁妆
她们只会带走母亲的泪光"

在大青山巅

你看见的微动是西拉木伦河
它向辽地奔去，发源于圣地的水
推动它，那是语言
是一波一波高原上的倾诉

那种语言
曾随大马群激越长驰，后来
它送走忧伤的契丹
它在一个凝重的时刻
将怀想给了牧歌
将平安与示意给了回家的人
将疲惫的马匹给了青草
将月光给了花朵

我与那个世界
不仅仅隔着梦
当蜻蜓在水面轻点岁月的感伤
你会发现水花开放

"那些人呐！那些将故乡
放在马背上的人

丢失了亲爱的姑娘"

那是母亲时代的歌谣与传说
我所接受的，北地的水草，节日
解冻后颜色渐变的山野
门前的河流；我所接受的熏沐
岚一样停在半山的异象
出嫁时频频回头的女子
夜晚的星群；我所接受的
北地春天的葱绿
冬日的凛冽
父兄的夜晚和酒
没有什么可以替代这些真实
如果时间静了，它就是光
辉映花纹精美的卵石

母亲说
他们，那些契丹人，在马背上哭
他们是哭着离开上京的
他们护卫着老人，孩子，女人
他们都是有血性的男人

他们向西边去了

"他们再也没有回来
祖州，是他们永远的牵挂和悲愁"

这是传说中的片段
一节副歌永远失去了主歌
在少年时代，我陪着另一个少年
讨论山外世界，他是一个忧郁的孩子
总担心太阳会热，月亮会冷
在山脊上盘旋的鹰
找不到归巢的方向

我们讨论大地的边缘
风的边缘，天空的边缘
我们无比痴迷流出山洞的水
他问，你说，他手指山洞
那里面会不会有神？那一年
我们七岁，我记得他的眼睛
白色干净，黑色透明

我相信

一切都在母亲的歌谣里

传说也在歌谣里，那些人

那些时间，马匹奔过的黎明和黄昏

那些片段，在母亲的歌谣里

灵一样起舞，我嗅到松的气味

阳光的味道

麦子成熟的味道

我知道

通过凝望，母亲将什么注入了我的身心

那是我不能体会的日子

在贫瘠的日子里，我走向母亲

就是走向食物

哪怕是在青黄不接的早春

母亲也会对我们微笑

从不说艰难

后来

在一个梦中，母亲说

那时，就没有另一个少年

那个多虑的少年是你
你是一个喜欢自语的孩子
总说想到山那边去

山那边
这也如梦，相通的
从山洞奔涌而出的水流
山顶上的云，或湛蓝的天空
不知是什么飞越了山脊
可能是六月的最后一天
山的那边是七月
杏子已经变得嫩黄

"如果死亡被确认为终结
那就不会存在真理
而泣血的怀念与追寻
就会遗忘曾经的献身"

面对夜色
此刻，我对母亲的气息说
我已经获得答案了！关于冬天

雪的切割没有声音
一只鸽子飞过梦中的墓园
也没有声音

此刻
母亲！你在无限的仁慈中注视我
没有声音

一个美丽的女子
沿西拉木伦河岸独行，秋草没有声音
她由北向南
顺着河的流向，最终走出那片草地

我曾在那里追寻
也是秋季，河面泛着金黄
我试图读懂一位母亲的前世今生
她的家族，那渊源深厚的背景
已经不见马群腾跃
也不见旌旗

我试图分解一瞬时间

发现出走的人告别了什么
在母亲的歌谣中
占卜者，相信天命难违的人
被焦渴围困

"科尔沁
草的密语覆盖蝉翼，就那么一点
它跟随光明移动
密语，不会被发现的琥珀
护着岁月浓缩的心灵"

我的母亲
我的追踪家族离散的母亲
在少女时代沿河行走
母亲说，她是家族的叛逆
她追踪不该追踪的秘史
在科尔沁边缘，面对巨大的落日
她直面更深的疑问

母亲几乎是我一生全部的付出
我接受这神圣无私的赏赐

而且无须感谢
母亲，她所象征的日月星辰光明交替
即使稍显柔弱，也是美丽
她的智慧，她所给予我的
精神的骨骼质地坚硬

在母亲时代的歌谣里
常见水的形态，一波一波涌向天际
我生于北地
在一部伟大的颂诗中
我经历童年，就如凝视一个波涌
推动一个波涌
我从童年到达少年
大地多姿，母亲是最鲜明的色彩
她是我的缓慢飘移的故乡
她的身影，作为北地最生动的部分
曾经是我必需的依恋

母亲说
你要学会倾听冬夜呐
你听寒风从北边来，到南边去

你听羔羊的叫声，你听马嘶
你听窗子的响动，你听低垂的云
是不是送来祖先的话语
你听午夜的牧歌和祝酒歌
是不是奔跑在大雪覆盖的草地

"你听，还有什么醒着
是什么刚刚睡去"

我听
一针一线的恩情
滴水成冰的严冬
为了前程远别母亲
我们忍吗？我们，我们的身后
只有母亲目送飞扬的尘土

我听
一针一线的鞋子
一针一线的衣裤
一夕一瞬的眼睛
为了迷幻远别母亲

我们忍吗？我们，我们的前头
只有母亲祈祷未知的旅途

我听枯枝上的孤鸟
怎样为春日啼鸣
我听水岸，怎样掩住声息
我听起伏无定的感觉
怎样告诉心灵，永远都不会
抵达地平线，那是天边
远方还有天边

我听流云倾斜山脊
天空里鹰的形状，火焰的形状
巨龙的形状，我听风吹鸟翼
羽毛展现七彩
我听人间屋宇，精美的老宅
热爱生活的人们
在那里为后人命名
神情凝重

母亲

我听这一针一线的山河

充盈与感伤的心

我听你离去后所有的日夜

蒙古高原的心情，这是一个

倾听不朽古歌的过程

你就在那里，在耕作的五月

也在雨中的牧途

一针一线

这不能缝合的情感残缺

我已经无法触到你，走遍世界

我都会回望北地

歌你，颂你，你在夜暗起伏的午夜

你在东山燃烧的黎明

你在柳丝静止的正午

你在我不停怀想的路上

我朝哪里祭拜，你就在哪里

你是我一个人的庙宇

建筑在氤氲深处

望你

母亲，你所给予我的

一针一线的少年的记忆

热气蒸腾中，你在灶台前忙碌的身影

如今，所有的隐喻都在岸上

你也在岸上

人类，岸边的家园，节日里红色的灯盏

在这样的感觉中

我重返童年

第七章　歌　谣

我在这熙熙攘攘的人群中
感受焚烧，少年时代的火焰
已经熄灭；母亲，你对我说歌谣
飞在天宇的怀抱
会飘落人间

母亲
现在，我在湘江南岸，在湖南
我的人生就是从开始到开始
我的人生就是从醒悟到醒悟
最初，作为儿子
我叛逆，我想去远方
我想在不断的努力中
把我自己，把我的所得
敬奉在故园

母亲

天地变换，唯有你的爱不变
唯有另一个美丽的女子
继承美德，无论如何
她都不会舍弃坚韧
还有希冀，为了明天到来
她守望夜晚

"无比珍爱眼睛的人
为什么在夜里仰望灰烬？"

母亲
你的身后是人间
你的前方是人间
你的此刻是与星语同飞
飞到我面前，将最新的信息给我
无关明天

艰难时代
我阅读一部大书
封面是土地，天空，雨雪，河流
山脉隐藏在雾霭中

森林隐藏在雾霭中
不见人群
不见耕作的农人

有一种呼喊从这部大书的内页传开
是持续的，那些人不是丢失了故乡
是遗忘了故乡和死去的先祖

荒芜
渐渐龟裂的心失去血色
我听到破碎，像瓷器掉在石头上的声音
像某种浩叹
从泪光里飞出洁白的鸽子
从烈焰中飞出小小的凤凰

我听到风抽打旗帜
旗帜抽打灵魂，灵魂无定
美丽的女子藏起心爱的口红

睡吧
母亲说，她的声音显得非常遥远

睡吧！不要怕黑
天上有乌云
云上有星群

我记得那部大书里鲜红的炉火
母亲！你的绵羊一样温柔的眼睛

我的一生就是牧途
你开启我，给了我无形的江海
你让我将道路视为舟楫
其中的几条路，不一定通向
人类的至真与幸福

"那个年代的鲜花
开在山崖
山下就是家"

我记得你的歌唱，那个年代
鲜花，像土地一样淳朴的乡俗
邻里之间隔着低矮的土墙彼此问候
冬日，当街的路上冰面闪耀

我迷醉于那样的光
在北地，在你无所不在的大爱里
你的歌谣就是圣流

灯下
你的歌谣里聚着众神

"那个年代的夜晚
仿佛一切都回到了从前
窗外星光灿烂"

我倾听，黑暗是可以被点燃的
但不会发出声音
母亲！那个年代，夜晚
我能感知到一种莅临
那不是节日的消息
那是活着的，舞动着的
隐藏着的，通明的神意
因为信仰，你歌唱
因为追寻，你忧伤

我的牧途
这一生一世的道路，在远离
蒙古高原的地方，我苦苦念你
我的梦中常常出现食草的牛羊

"还有人在前方等待吗？"

休耕时节，回家过年的人
暂时遗忘了道路
家，是某个终点，也是起点
古老的歌谣属于时间
属于光，被风托起的羽毛
属于山脊上空闪现的幽蓝

母亲
一个少年在梦中穿越冬季
他去寻找传说中的人
那个占卜者
他飞过群山湖泊
但未能发现海

传说占卜者在一座孤单的海岛上
与群鸟为邻
那个在许久以前离开北地的人
拥有高贵的血统
他曾准确预言某个夏天
关于暴雨，被乌云压迫的黎明
还有离散，几乎接近了真理

"难道真的会轻易放弃吗？"

这个疑问困扰很多人
当真相退到最后
就会还原为美丽的圣婴
母亲，那一年我到贡格尔草原去
那一年，一位年轻的诗人
以决绝的方式切断了
回归故地的道路
他就去了！那一年
我的儿子刚刚五岁
此后三十年，这个疑问
一直萦绕在我的心头

今夜

大地枕着遥远的寂静

我在湘江边，感觉这样的寂静

进入一首圣诗，无人咏唱

"始终走在前方的人是谁？"

你不要想到旗帜，没有旗帜

当一线微光透出真理的本色

北地的河流开始融化

一匹马站在那里

它的剪影，它高昂的头颅

朝向西北，西北有雷鸣

始终走在前方的人

他所象征的时间寂静燃烧

忽视寒冷的人在雪山那边

失踪的时间也在雪山那边

那里距离欢歌很远

始终走在前方的人理解喧沸
是这样的人间
使某种遗忘
成为最为珍贵的怀念

母亲
那一年，始终走在前方的人
消失于天际
他背负着荒芜的故乡
热爱他的姑娘，在一个雄奇的关隘
将他的名字刻在岩石上
面对黄昏，她忧伤歌唱

她在一首诗歌走向高原的途中
尝试还原真实的春天
她说，你还是一个孩子啊
你丢失在这里
这个关隘，曾经的金戈铁马
如今踪迹全无

"那个绝美的女子说了什么？"

母亲，今夜，在遍地欢歌中
我破解某种可能
一些人，一个王国
在火焰里起舞的黑暗
上升的空间，那个绝美的女子
在午夜告别最后的城池
如果我能描述火焰
我就会穿越陷落
听到最美的语言

此刻
母亲！我在南方，南方啊
是冬天的雨，是怒放的三角梅
是那个人，在长途客车上对故园的想象

是那个把生命交给关隘的人
永生告别淮河畔
是一句铭言传导的音讯
是母亲，让我记住缅怀

"那个人走到了哪里？"

是这样，是我的此刻
我的古老节日的夜晚
天地无言

我开始准备了
通往北地真寂寺的道路没有人迹
沿途大雪纷飞
那里是契丹的旧都
石窟中的佛已经安坐许久
山顶的巨石已经安坐许久

"那些离去的人，他们去了哪里？"

母亲！就在那里
你的歌谣里出现孤独的鹰
它黑色的巨翅裹挟着风
像呼啸的季节，时光之泪
属于向西的族群

我曾在那里凝望
向北的金人一定手握着咒语
他们走到哪里，就将火焰带到哪里
他们到达南宋，到中原
他们焚烧，他们留下废墟
与千年隐痛

有一个少女
在一片蝉翼上识别血色

"它真的活过吗？飞过吗？"

她在西拉木伦河沿岸歌唱
含着泪水面对逝水
母亲！我可以想象你那时的神态
草原，家族，禁忌
如今你在歌声中回到过去
你是一片草原美丽沧桑的证明

"那一切，曾经存在
灰烬飘远，青草重生"

我阅读父亲的历史
他的高原和父亲
那些热爱羊群和马的人
当我独自穿行北地,去那里
探寻一条河流的源头
我所置身的肃穆有些凝重
是在科尔沁腹地,是七月
我面对干净的涓流
也面对枯木

母亲
我阅读,这绿草铺展天边的母体
涌动在头顶的白云
有一条道路仿佛直抵天际

"离别之后
谁在梦里枕着金灿灿的河流?"

这血液与脉动,进入部族史籍的语言
留在马背上的遗嘱

母亲

在远离蒙古高原的南方

我想对我的儿子说一说真实

秋天，舞动的草，缓慢接近的冬季

沉入一碗马奶酒中的友情

我想对他说一说未来

被敬奉的，被怀念的，被颂歌的

被鹰翅一再倾诉的天空

我面对他，面对年轻的历史

我沉默，就如退隐时间深处

"如果心慈，泪水就不会有毒

如果凝望，梦中就会有路"

如果雪山之水永远滋育江河

佛性起舞于两岸

一只蝴蝶飞过遥远的天空

母亲！我确信你就活着

活在另一个地方

你的双手，那从年轻到苍老的羽翼

依然在北地，你举着我们
我们小小的心灵和心愿
你的拂过云海的目光
最终还是飘到故乡

雾里的山峦不见峰顶
如今我不见你的笑容
只见半部母爱简史
在西拉木伦河岸边

"我们怀想的，为之奔赴的前方
果真存在一个边缘吗？"

母亲！我未能走出你的雨季
我在你的歌谣里
马背上的音符，山脊上的音符
草尖上的音符，牧途上的音符
穿行雨幕，你的北地在一句问候里
在一道闪电绽放的光芒中
是没有栅栏的时间

你说先人斜卧

一滴眼泪流过鼻梁

就如流过寂静的山脉

就如一颗心走向另一颗心

不会在山谷留下回声

"有一种灵异

随着火焰不断上升

永不会湮灭"

围着篝火起舞的人们

未曾注意暂时退远的寒冷与夜暗

还有近空的雨

那些云如何遮蔽了星群

行走大地

我们在沟壑两边面对断裂的路

彼此挥手，或转身离去

那种断裂都存在

我们相忘于时间之怀

"一切，是注定的吗？
是有序的吗？"

母亲，我曾兑现承诺
从乌兰察布到锡林郭勒
从那里向东，到贡格尔
我对同行者说，这里
是北元最后的王城
最后的公主
在这里走失

母亲
我在你的歌谣里没有走失
贡格尔草原，在你歌谣中最核心的位置
我的追寻不会止于此

"在蝉翼那边，
就是另一个世界吗？"

我只能想到蝉翼上方
母亲！这也只能想象

天空，云阵，雨，雷电
是的，还有星群
以怎样的闪烁
让我接近了诗歌
由此改变了我一生的抉择

"那几乎触到黎明之翼的人，
最后沉入手语，他手指群峰，
对火红的太阳说了一些话。"

那是唇语
身穿红色嫁衣的女子
在上马之前望一眼山脊雪线
她微笑，满含泪水
她知道遥念黎明的人是谁

最早劈开晨暗的是风
不是光明
当我在酷寒的北地之晨告别母亲
我相信了这句谚语
是风，让我看见飘浮的星子

母亲走在一侧，燕山在我另一侧
风声真切，我在路途

"那是开始吗？还是结束？
当晨暗散尽，西风止息，
我突然感觉到某种痛！"

燕山余脉怀抱的这片土地
曾经是草原，丘陵地带生长茂盛的树木
就在那里，母亲
你引领我认识艰难幸福的生活
在你的歌谣中
草原和森林没有消失
鹿也没有消失，两条圣水
在太阳出山的方向汇流
你唱着，走吧！流吧
西辽河

"他们去了哪里？他们
年轻的心灵，在哪里歇息？"

是我决定了
与母亲交谈的方式
从老哈河到淮河，到湘江
我穿过半部史籍，我对母亲说
那些人，他们奔着一个方向去了
那是心灵史诗的方向
在有些时候，爱
就是无语的身影

在足迹覆盖足迹的世界
被废弃的马车一天天腐朽

"它曾经的主人，在风雨中
曾经频频回头"

母亲！你说过
牧歌，是跟随巨鹰扶摇的
它掠过高原，像一支响箭
射入荒芜

而怀念

这羽毛一样永远脱离母体的飘飞
就是我们服从的宿命

母亲
就如我与你，我们母子分离
我在世界上渐渐走远
你在北地故园计算离别的时间

"这不可逆流，只能
在撞击与涛声中瞬间回望
对过程充满感激！"

母亲
我唯一的圣殿，在无尽旅途
给了我恩泽的人，已经永远离去

感念万物
母亲的北地万家灯火，只有一盏未亮
那曾经是我的奔赴
节日之前，母亲坐在窗内念我的名字
我知道她盼着

我知道，对于母亲，遥远的路途
神秘纵横，她不知道我会在哪个点上
她会说，近了
越来越近了

"那个人，在北方一个寒冷的小站
等待蓝色火车，他是一个背负着
尘埃的人，铭记朝觐"

我从不敢遗忘自己的生日
那个让我进入世界的日子
向着母亲行走
这最神圣的朝觐
向一位伟大的母亲
献上最温暖的名词——
母亲！只有这样的声音
才能回报母亲，她所求甚少
如果我们听到回答
佛就在灯下

我失去了这条道路

我只能借助一个梦，记忆的碎片
犹如纷飞的春雨

"他是一个迷恋积木的孩子
他在那里组合，搭建屋宇
他守着一道门，等待母亲
夜幕低垂，广大的安宁护着什么？
午夜，渡过冰河的人，
幻听奔跑的花朵"

后来，母亲
我就看见辽河了
在那里回望辽河北源
在逐渐向上的感觉里
老哈河，西拉木伦河
这两条手臂一样伸展的支流
依然拥抱着我！那么轻柔
从高原上降生的女儿
随着河流远嫁异乡，如你
我的母亲！如我，为了顺应远方的呼唤
行走异乡

"那种奇异就在两河流域之间
陨落的王朝也在那里
雨季到来时，牧人们纵马
彼此相告"

我在你曙光一样的抚慰里
寻找青草的气息
那清新的，血一样黏稠的依存
雁阵在空中劈开雨
河水劈开黄土
怀想劈开时间
母亲！你在高原，以沉默
劈开远途，你将高原音讯给了我
一切如初。一切
在我的四周，那静着的，动着的
颜色交替出现的花朵
那绽放与凋落
进入牧歌

"那种大念浸润北地，涓流万条

许下长久心愿的人
追逐萤火在午夜时分奔跑
唯有河流不动声色"

关于辽西，在老哈河以北
救命的农作物在秋天逸出清香
我迷恋那个时节
我喜欢在茂密的玉米地中寻觅
在垄沟之间，我会看见别的果实
那里是我少年时代的迷宫
只要仰首，就可见蓝天白云
还有鹰隼，它似乎总在那里
它盘旋，但无声

我记得母亲的喜悦
她在屋前田园，她成为秋天的一部分
她是移动着的最美丽的叶子
我在那样的庇护下
从不惧怕原野岑寂

"冬天，羊群是怎样消失的呢？

门楼，紧闭的木门，黄土院墙
在梁上，古榆树冠微动
可见巨大的鸟巢
但不见飞鸟"

室内炉火正旺
母亲在油灯下缝补棉衣
光移动，黑暗就移动
我看着母亲的双手
那是一针一线的冬夜
母亲舒展眉头

羊群
羊，它们悲悯的眼神
它们是怎样消失的呢？

母亲！你说它们是在天上的
你没有说云，也没有说星群
它们也在夜里。母亲说
你听啊！你听它们的声音

"风声，关于窗子，玄想
山那边的人家，陌生的人们来了
他们躲避陌生的门。"

少年时代
我是拥有几重天的
第一层在玉米穗上边，低于鸟翅
第二层在鹰喙上边，低于羽毛
第三层在云上，低于光
第四层在月下，低于星
第五层在母亲的歌谣里
低于母亲的眼睛
第六层在玄想的高处
低于风

"那个被深深吸引的孩子
渴望进入山的洞穴
他在神秘的包围中长大
内心里珍存着一条幽静的小路"

母亲

我在灯光里重返北地，我寻找你
天地之间没有声息

"你是不可以折叠时光的
你躲避雨，是惧怕一种真实
你看在雨幕中斜飞的燕子
仿佛拖着滚滚雷鸣"

母亲
我已经进入一个核心
可我仍是那个奔跑在你歌谣里的少年
我在一个核心
感觉时间的波纹向四处扩散
没有天边，也没有边缘

那个核心是你
母亲！就连目光都不能折叠道路
我说重返，是让怀想回到圣地
听根系吸吮甘泉
就如神语

你赐我这圣地
我拒绝仪式，甚至拒绝泪水
只有我的微笑，母亲
泪水会惊扰你，只有微笑
才能使我回到往昔

就是这样
当我终于知道，我迷醉诗歌
就是在寂静中点燃火焰的时候
我所获得的照耀
来自你的眼神

"夜空彗星划过
占卜者独坐峰顶，面向河流
那种闪耀！他说，那最后的光芒
将被深远燃尽，归隐永恒的哀愁"

我听过关于他的传说
一个拒绝远征和荣耀的人
在异域河畔安葬累死的坐骑
一位年轻的武士换了马匹

智者跪下，抚摸马的长鬃

你也曾降生！你也曾饮母乳

你奋起的四蹄踏碎安宁

你曾驰骋，马尾指着故乡

那位智者

总会出现在母亲的歌谣中

他才是真正的英雄！母亲说

他回来了！一路呼唤母亲

后来，他独自向西而去

在离开贡格尔草原的前夜

他在暴雨中呼喊一个牧女的名字

"那部箴言没有文字

在时间中，它是时间

在河流上，它是波纹

在千年逝去之后，它是高原上的心灵

在风雨中前行"

母亲

无须寻找，我知道他是谁

我也知道，他为什么会孑然远去

我在某种史实中辨别善恶
深宫高墙，绝美的女子成为皇妃
在母亲的歌谣里，一根簪子插入真相
被隐藏的秘密不为人知
母亲，歌谣，泪水与抱憾
飞出宫墙的心，在一棵草上
留下泪痕，寄望被后人阅读

一根金簪穿过青春
王妃色衰，她自称哀家
伴千古一帝

"那些被遗忘姓名的女子
以性命争宠，她们如黎明的金子
在黄昏变为白银
告老还乡的御史秉笔直书
终未能献于世人"

母亲

你在夜里说史，让我看见曙色
你说，人心呐！一丝善意
就可以通向天庭
一丝善意就如一株草
露珠剔透，挂在草针映天涯

繁花似锦
锦中有泪痕，锦中的女子胭脂斑驳
一指对宫外，柳树下的马车
等待回乡的女子
那一刻，宫门紧闭
流言漫过护城河
止于人间夜色

"家族是一艘船，不会永远停在原处
你不要联想水，没有水
甚至不见血脉"

血脉
是一代一代繁衍的奇迹
在母亲的简史里，家族

就如阴山逶迤，余脉平缓

曾经的望族已经衰落
向峰峦回望，家族最美的女子
远嫁皇城，这曾经的荣耀
让青春窒息，那就是祭献
没有谁想到代价
宫墙内的孤独恐惧
也无人可知

母亲说
那些先人呐！为何要走到潮头？
大墙威严，不闻涛声起落
与世相隔

"雁阵归来了
天空久未落雨，河流瘦弱
前去探亲的人，在金山岭东南
遭遇一场野火"

我们是下游了

母亲对我说，不要去寻找嵌金马鞍
它可能已被焚毁
也可能就是传说

"在这个世界，一棵树死了
你可以重栽一棵
若母亲走了，就是永世告别"

我知道
在北地，渡过老哈河就是伊兰塔
我知道将什么留在了那里
我少年时代的星星依然明亮
感觉距离稍远一些
天空稍暗一些

时间并没有带走什么
时间就在那里，是一颗心老了
山上的树木少了
在故园，母亲没了
但她的微笑没有散尽

时间留给我的
是花一样开放凋落的记忆
像午夜河面上的粼光
一些奔向远方
一些在两岸破碎

寻找，是徒劳的
一切就在那里，寻找什么呢？
母亲的墓地就在那里
老屋也在那里

"寻找
一定是丢失了某种记忆
就如牧人丢失了羊群和马匹"

在母亲的歌谣里
一生守护领地的人
唯独丢失了怀念

那位智者
为了心存怀念，远走巴尔喀什湖

他敬奉大水，在他的箴言中
他认定一滴水有一颗灵魂

"究竟为了什么
那么多人再也没有回到故乡？"

许久以后
我在诗歌里凝望母亲的眼睛
在母亲的瞳仁里，我是小小的婴儿
母亲看向哪里
我就在哪里

我在诗歌中凝望母亲的眼睛
我想回去，可回不去了
母亲的双眼在高处
在群星之间，有时在日月之间

"身影不会背叛你
但会将你推到更远的地方
那里叫异乡"

母亲
有时，你在北地苍凉的秋草之间
在两声马嘶之间
在古歌的前奏与副歌之间
在梦与醒之间
拒绝人的语言

在马的脊背上
我的家族的道路直通远空
地平线，是你能看见的地方
但你终生都不会抵达

"我们
是向着天光行进的
那里珍存着我们失落的东西
天上的草原，清流，羔羊
为了爱情，等待出嫁的姑娘"

母亲，我必须珍重你的歌唱
所谓寻常平凡的生活
是在有你的时候

我们忽视了神奇伟大的依靠
但你从未责备我们
你养育了我们，你呵护了我们
在我们出生的地方
你守望了我们一生

"没有任何语言能够形容她的名字
这个叫母亲的人
她走了！她的气息一定是草的气息
是我们依然奔走的大地！"

母亲很少说她的背景
她的显赫的家族，是她对我说
一丝善念也是一丝水流
那么多沿湖栖息的神鸟
总会如期归来
如期迁徙
它们是水和天空的孩子
但恐惧人类

我懂得

母亲！我是崇敬那些精灵的

就如我崇敬你

每年清明，即使我想书写你的名字

我都会净手，每写一笔

我都会听到你的歌谣

那是你的时代

你的怀念与崇敬

"你只有在月光下观察马的眼神

你才能理解草原

它们站着，成为静止的路

你将看见氤氲起伏"

雪落大地

是提示我们某种归期

从贡格尔到伊兰塔，到额尔古纳

你不能说遥远

不能

"遥远

是你永远也触不到的东西

那是梦里的火焰
是幻境中的白桦林
林地的边缘银狐出没"

母亲
如今，你在你的歌谣里
你在我的倾听里，你在我的近前
在我的远方，你在我含泪的凝望中
送群鸟飞越天空

"高原无语，它已经接纳了一切
圣洁，悲苦，高尚的心灵
总是这样，朝觐者选择启程的时刻
把信仰寄托给路途"

母亲就在身后
她目送我们，像一棵树告别果实
那一刻，不是我们不愿回头
是前方隐约的世界吸引我们
让我们远离命中的圣殿

母亲曾经年轻

她迎接我们！以阵痛，以生命

她美丽鲜红的血水

闪耀奇异的光芒，这血的恩情

将我们唤到人世

"在滴落泪水就能让河流奔涌的高原

万物有序，天使降临

从不惊动饮水的羊群"

之后

母亲怀抱我们，喂我们母乳

那也是血！母亲以圣洁的乳汁

对我们传导珍贵的基因

这源头！源流，神的旨意

母亲低头看着我们

那一刻，我们是母亲的世界

她是主宰，她是时光中

最美的女神

第八章　高　处

"左手可以告诉右手，说疼痛
相隔遥远河山的人，可能彼此忘却
但是，长风吻不尽过往的遗痕"

还有遗憾
母亲！十六年
我在一个巨大的疑问中寻找答案
我渴望有一缕光芒
推开无形之门，我渴望看见你
哪怕就一瞬

在阿拉善南寺
我在月夜里许下心愿
为接续的未来，我要珍重每一个梦境
在干净的土地上书写你
在我与你之间
我每写一笔都是敬畏

"在那个圣地
我感觉附近的巴丹吉林
一峰幼驼鸣叫，母驼回头
那里，是一个神秘仁慈的宇宙"

我许下这样的心愿
我要让先哲的双眼，在诗歌中复活
我要听到他的声音
触摸沙地，我要感觉到他的体温
我要成为圣洁之爱的见证
实现与他的对话
我要将他的箴言
写在颂诗的扉页上
看着信鸽依次起飞

"云头推着碧空
翻卷着，边缘洁白，一万只信鸽
在高处起舞，翅羽自如
人间炊烟再现
母爱如初"

那是我最初的幻想
在高处，升起，飘散
母亲在灶膛前续着干柴
屋檐逸出蒸气，我等早餐

我九岁
我的山河也在童年，一切那么神秘
邻家的姐姐走出房门
她看我一眼，手指雪山

一群麻雀飞过
天光完整，天光，只有在雷电中
才会出现缝隙
我曾问母亲
雨，从哪里来？
风，到哪里去？
在夏天，雪会去哪里？

这一切终成旧事，翻阅人间典籍
不见鹰迹，只见邻家姐姐

在出嫁时哭泣

"未知的路
那种距离，只见尘埃腾起
可闻鸟啼"

母亲
你说那是干净的生活
干净的河水中沉着干净的月亮
干净的土地上生长金色的玉米
红色的高粱，黄色的大豆
还有干净的瓜蔬

在没有锁的地方
人的心灵是干净的，敞开着
感觉很安全

邻家姐姐
那个越来越美丽的女子远嫁了
她走了，邻家院落少了一种精致
而我的少年时代

从此走失迷人的花朵

"寂静的天空下
寂静的道路，在偶尔驶过的马车上
驾车的人抱着鞭子
几匹拉车的马打着响鼻
车轮后面扬起尘土"

许久以后
母亲！我将北地上的那种岁月形容为梦
我怀念你缝补衣裳时的神情
怀念端着移动位置的油灯
纳底的布鞋，对襟棉袄
是的，我非常怀念邻家姐姐
手指燕山的姿态
她就像水洗的树木

邻家姐姐
她是我对异性的初次想象
我九岁，她十五岁
隔着低矮的院墙，我都会嗅到

神秘的气息
邻家姐姐，她或许是我的初恋吧
我知道，姐姐不知道

母亲
邻家姐姐出嫁之后
我少年的北地就显得空落了
从那天开始，我再也没有见过姐姐
也恐惧听到她的消息

"一个少年的秘密
只有神知道，可那是盐一般的真实
有些苦涩，这不可说"

怀念是怎样形成的？
母亲！你用歌谣启迪我
你用歌谣，让我知道往昔的珍贵
你说，忧伤，是可以唱出来的
歌声中也有眼泪
可你看不见飞

母亲说

我就是哭着离开贡格尔草原的

这有什么奇怪吗？

我再也没有见过西拉木伦河

这有什么奇怪吗？

路呐，各有各的尽头

人呐，各有各的命定

这有什么奇怪吗？

"少女的眼睛，那清澈的深邃

湖水一样迷人的波光

掩映天使的居所

在越来越远的路上

雪与严寒成为传说"

这是另一个疑问

母亲远嫁，从此拒绝再回草原

贡格尔，贡格尔河，曼陀山

母亲在那里留下了什么

七十年，她的歌谣里飞着灵异

我可以确认一个方向

那种神意的飞翔朝向北方

在少年时代
我就获得辽远的空间了
母亲在那里，邻家出嫁的姐姐在那里
如果歌谣消失
时间，真的就没有声息

如果我少年的心智是小小的屋宇
母亲就是建筑者
母亲说，孩子！你要顺着成长
你要学会在田野上奔跑
在夜里，你要敢于一个人渡河
如果你想得到什么
就去寻找！你会的
母亲说，总有一天
你也会去遥远的地方
就像他们一样

"坚韧的心，永远也不会
像玻璃一样反光，手的轻抚

游移在肌肤上，这非常接近某种承诺
或白鹭，跟随一只白鹭
飘落安静的水面"

那时
母亲的话语如散落大地的星子
我不知该拾起哪一颗
在生活表象的后面
在蝉鸣那边，可见绿色与斑驳
这也不可说

生活
在时光之刃的两边
有一面暗

母亲总在光明的一面
从不说艰难，只说火焰怎样燃在夜晚
舞蹈的人
在时光沿岸

"走入沼泽的长者

将一件玉器埋入土中，他说
我的亲人们啊！我要去那里
不要找我，我把最后的语言
刻在玉器上，风把时间
放在天鹅的翅膀上
你们要把先祖的遗愿
放在心上"

母亲在光明的怀抱中劳作
将一寸一寸光阴给了我们
她从不念万重山河

"你们不要漠视庇佑
生于前定，远山在光明的边缘
它脊背上的林木与雪线
是手臂，也是静默中的感恩
沧海桑田，宇宙里的尘埃起伏有序"

妈妈！我们张口说话
我们肯定会以如此的称呼回报母爱
这到达人间的第一语

让母亲流泪

母亲
我是如此想表达心迹
在午夜，在无从表达的此刻
我独对世界，理解我的人
未必能懂你
你的歌谣在哪里？他们不知
我知，我在度过半生的今夜
把一个心愿给了夜暗

"年轻的心
向着光明奔赴的信仰
将在哪里休憩？如果错过一刻
会不会留下终生遗憾？
如果一滴泪水能够穿越忧伤
如果我们能够感恩夜晚
我们的心，在绝对孤单的时候
能够感觉母亲的气息
就是巨大的幸福
不问明天"

母亲

面对夜暗，我在心里念你

我接受了！我知道

你的此刻中有我，遥想夜空

一切飞着的，万物的灵性

在各自的轨道上服从定数

我接受了！这泪雨缤纷的山河

这此刻的寂静

"站在山顶的人那么小

他会感叹阔达的视野，举起双手

他会感觉风如水流

他是移动的岛屿

永失彼岸"

我不知道你如何看我

母亲！那个为邻家姐姐叹息的少年是我

那个仰望日月星辰的少年

在大雪飘飞的北地

被光明开启了心智

那个渴望踏上远途的少年是我
那个叛逆的少年
曾经目送邻家姐姐出嫁的少年
永生铭记一个春天

"如果能够背着故乡上路
还有异乡吗？如果人类的语言都如细雨
还有伤痛吗？如果一缕青烟
不是向上飘飞，而如飞矢刺地
还有幻想吗？如果泪水能够唤醒死亡
时间能够复活以往
还有残缺与怀念吗？"

我不需要假设
一行诗歌的光明，在声音里
形成羽翼，飞过天空

大概是这样
一行诗歌被天使珍视，被一再朗读
那个过程可以不断重复
斜飞的雨，斜飞的燕子，斜飞的光

顺着柳丝摇动
一个孩子追逐蝴蝶
她是我最小的亲人
有一双清澈的眼睛

"在帷幕外面
那个人寻找分水岭，那个人
将细密的情怀给了起始
他对眼前的灯光说，一路尘埃
最后的结论在圣山一侧
那是水，给了树木"

我的邻家姐姐
你会永远记得那个九岁的男孩
他站在一棵杨树下
踮起脚尖看你，土墙上长着青草
墙的裂缝外走着阳光
你不知道，多年以后
那个男孩在梦里回到九岁
金色的玉米回到穗子上
蝙蝠回到黄昏的低空

一行散发着浓郁芬芳的诗歌
回到心灵

"在往事那边，清流未曾改变
迷恋田野的少年追踪鹰迹
他不知道身后的恩宠
是母亲注视的眼睛"

在一个不朽的示意里
我告别童稚，那是黄金般的日子
闪闪发亮

就如河
那个年代的水，舒缓清澈
就如邻家姐姐，她美丽素雅
常常让我联想马莲花

母亲
通过传说和歌谣，你让我接近了箴言
那个获得了真知的骑手
在神秘的中亚成为更大的神秘

而巴尔喀什湖，他最终长眠的湖岸
不见他的墓碑
只有迁徙而来的大鸟群
鸣叫着，起落着
像一个肃穆的仪式
被一再重复

"你是可以眺望的
即使一生也不会抵达那里
那是移动着的圣境
但没有声息；那是梦一样的存在
背景湛蓝，你能够想到的
都会在那里实现"

母亲
你就在那里，我的怀念之地
如今，我正在慢慢接近你故去的年龄
那扇门，被你关闭着
我在广大的人间走着

我在一部颂诗结尾的部分

渴望描摹某个夜晚
是节日之前，你在灯光里送我
那是我们母子一生情缘最后的一刻
永别的一刻

"不要奢望随时都会接受启示
众神也会安眠
你可能遭遇巧合，通过某个缝隙
你到达另一个空间
但是，请你铭记，这就是拯救
右岸有雁鸣，左岸有火焰"

是早春了
母亲，我在一部颂诗结尾的部分
将心愿放在远途
此刻，我在南方
向一片古老的土地行进
天空阴霾，不见羽动
在鸽笼般的高楼里
一定会有人谈论生活
关于幸福，艰难，花开窗前

瞬间与怀念

"苦念是一种火焰
河水是另一种火焰，还有狂舞的草
山脊上的树木，风是奔跑的火焰
充满灵性的手遥指地平线"

我接近尾声
母亲，我该独自梳理的
这样的生活与人生，一切可能
都在指纹之间

六十年
你将我带到人世，历经风雨
我确认所谓路，就是安宁而卧
一切奔赴都是过程
哪怕荒芜，道路也会存在
哪怕消失，道路
这曾经托举人类追寻的蜿蜒
也会在苍云中闪现

持续这么久
母亲！我从未刻意找寻韵律
我崇敬自由的河，哪怕是溪流
也会遵循一个方向

"降生人间就是天赐
你们，有思想和语言的菩提
一旦离开母树，就可能漂泊
其实不必寻找，那棵树就在原地
她叫母亲，是最伟大的人！"

我接受了
这失去母亲的回望，她苍凉的手势
在故园河边，她的歌谣
也在故园河边

如今
一些名词依然在那里成长
老哈河，西拉木伦河，贡格尔河
红柳，白杨，刺槐，杏树
我的少年时代也在那里成长

他站在黄土矮墙上
朝邻家姐姐远嫁他乡的方向张望

那些名词
如今像玉一样润泽，富有呼吸
所有留在北地的，我的记忆颜色渐变
是流淌着的，像光
也如珍贵的雨

母亲
站在你长眠的斜坡上
我远眺老哈河
它在燕山余脉的某个山脚下消失
那里叫下游，那里
在蒙辽相连处，美丽的大水
仿佛接近了天空

"你们要相信
那无形的，伴随你们左右的时间
是另一种河流，你们洇渡
必依赖仁慈的托浮"

母亲

因为念你，总会感觉

故园的霞光在我的诗歌中升腾

是红色，令我联想邻家姐姐的嫁衣

她羞赧的神情

麦香时节

我随你走过河边

你的歌谣里也有血的色彩

那是群马穿越古老的时间

你说，在山顶的积雪上

如果洒一滴血

就会开出鲜红的月季

"正午

进入森林的汉子遇到一位绝美的女子

他说：饿啊

他的眼前瞬间出现鲜美的佳肴

他是一个遭遇许多艰难的人

他跟着传说行走

最终获得了庇佑"

在灯下
母亲，你的讲述那么让我痴迷
窗外是北地的冬天
寒风敲打着窗棂
你的讲述，是对歌谣的补充
是善，那种底色凝重
背景幽深，那是我的幻想
被传说点燃的日子
我的想象中出现陌生的路
它通往山外，就如河流

少年时
母亲，你说，咱们去河南
节日就临近了
跟随你去老哈河南岸
那个年代，河的冰面上
有天空和云的倒影

去河南

那是我一年中最深的期盼

一河之隔就是异乡

老哈河南岸，辽西

燕山余脉，集市

色彩点缀的年代和时间

母亲！那是我最幸福的日子

我的油灯下，我的田野里

我的星光照耀的记忆

"如果你们开始怀念某个过去的年代

就请相信路的召引

不是沉湎于过去，是以你的心愿

你的献身，让后人懂得珍视

只有依靠他们，才能重建昔日！"

母亲

重建，是你的歌谣中的屋宇

一种尊重心灵的秩序

是平安的夜晚与清晨

是微笑传导而出的自由与幸福

是干净的河水，湖水

湿地边缘没有栅栏，没有垃圾
只有净水吻着绿草
有黄牛卧着反刍
学步的孩子发出笑声

就这样
母亲！仿佛一切都近了
一切都远了！一切
在一切中移动
在一切中无形

重建
我的缺失了母亲的山河
我的北地已经出现无可补救的残破

"你们
活在世间的人，要懂得珍重一刻
或水，或火，或泪，或歌
或倾听，或诉说"

夜晚

窗帘厚重，我在室内不闻水声
不闻风动

这是在中国
在南北分界线上的一个寻常的夜晚
对你，母亲
我再一次思考告别了
我已经无须选择方式
在一部颂诗结尾的地方
我安慰一个少年，我对他说
如果你愿意，就仰望天空吧
一切都在那里
一切，都在动
一切，都有声

"你们朝觐
不一定选择巍峨的圣殿
安坐山顶的人，在那里听云
远离尘世，未必就能远离苦痛
就在母亲的灵位前燃一炷香吧
在无限的默念中回到童年！"

如此渴望回去
回到你辛勤劳作的那个年代
在土地上阅读你的身影
有时轻，有时重

跟随你
在成熟的北地拾起谷穗
那种金黄，泥土的语言
水和阳光的语言
母亲！你的语言在歌谣中
灵翅忽隐忽现

回不去了
母亲！我接受了，我接受这远大的静谧
这可以遥想的夜海
绝对高于山峰的另一种波涌
如何掩盖了人间悲痛

"为时间送行的人遗忘了身影
在身影后面，你说还有什么？还有谁

在静处等待
所谓未来，就是未来"

我接近终章
母亲！你的颂诗没有最后一页
那是断裂，但不像沟壑
你在安宁的北地长眠
最后一页，是这辽远无际的山河
我行走其中，我
是你活着的意义
死去的牵挂
梦里的牧童

"独自走过冬季的人
是谁的父亲？他在高高的山上
面对一株青草
他说了一句话，与母亲有关
然后，他说，阳光啊
这珍贵的一天，就从这里开始了！"

那是一个穿越酷寒的人

母亲！我应该见过他

在河畔雪地

他是最早的，我的行走着的北地

方向：塞外草原

他一定是舍弃了什么

他是最初的，我的行走着的诗意

母亲

在我的少年时代

他是第一个对我说起远方的人

他说，长大后，你应该去那里

他抬起手臂，指向远天远地

他目光深重，仿佛安坐着神灵

第九章　告　别

这是我的态度
母亲！关于崇敬，我不会盲目
那些铭记祖源的人
被我视为姐妹弟兄

"就像旗帜一样
母亲！这个世界的另一半
美丽阴柔；母亲也是月亮
是家门前永恒的溪流
在她慈悲的目光里
我们是永远的孩童"

永远的
那片净土，你的足迹就在那里
我们重叠的记忆就在那里
你一生相守相望
晚年就如坚忍的古榆

春天泛绿，夏天开花
深秋落叶，严冬缄默

北地
塞外草原就是仁慈，她铺展于
牧歌与鹰翅下
举着河流与羊群

母亲
你在两片土地，两种语言之间
一生忙碌于生活
我们长大，这是你最高的理想
你从不认同牺牲
你说，这是天性啊
一代接一代，血脉相通

母亲
你是用生命护着我们的
一直到最后，到你人生的最后一页
上面依然写着：爱
是大爱无疆

"那个人

始终在故园等待我们平安的信息

她从未忘记我们

须臾未忘；那个人，由年轻到衰老

祈祷的心灵从未起褶皱

她叫母亲！"

如今

母亲！你远行了，永无归期

我回故地，每走一步都是痛楚

在没有母亲的地方

还是不是故乡？

还有一些名词

红山，迎金河，上京，巴林桥

林东，林西，经棚，沙地云杉

母亲！那是向北的路途

到贡格尔，你出生的草原

一路都有你的歌谣

说岁月未老

只有天知道

"在阿斯哈图
险峻的石林会对你说
曾经的海洋消失了，消失了
就是人所言说的怀念
如今成为一种景观"

母亲
你的歌谣，天空中永恒的雨雪
纷扬而落

首先是飞
我在其中，从未感觉到寒冷
你的歌谣，进入童话与传说的入口
引领我上升

"总有一双眼睛
在高处注视你
而你，可能正在凝视道路"

这是我的态度

我接受结局，但不会忘却过程

就如我长久离别邻家姐姐

我目送她远嫁

我听说她已苍老

可我依然记得她青春的倩影

母亲

进入颂诗的尾声，我终于知道

你为什么那样轻吟

你的歌谣词句简洁，曲风悠长

那是一条长长的

悬在空中的线

晾晒鲜红的衣裳

"你要保持洁净

你的手臂，不要弄脏风的羽翼

如果你还在怀念

就回头眺望吧

那过去的时间和大地"

我的九岁的故乡

在蜻蜓的翅膀上，我是说光芒

就像水一样

它凝固在北地

倚着苍茫

母亲的歌谣倚着梦

远途，滚滚尘埃落地生根

马鬃飞扬

十万里禅定

修行一颗心，一瞬，一顿

最美的躯体渴望恋人

与指纹

母亲

我就是你幻想星辰的儿子

常常将目光越过燕山的儿子

我就是那个在夜晚的柴垛里藏起来

让你连连呼喊回家的儿子

在某种缓慢而艰难的时间里

有你，我就有众神相伴
我就是那个你让我向西
我执意向南的儿子
今夜，以这种方式
苦苦念你的儿子

"如果你们还不开始
可能就晚了！趁着她还在的时候
对她微笑吧！献上你们的孝心
最后的遗憾只有泪痕"

一滴眼泪落入湖水
一只小鸟隐入天际
一种心愿融入没有波涛的海洋
一声呼唤，在梦境那边

母亲
这是我的信札，想寄给你
但天堂没有邮路
我只能借助意念，感觉焚烧
感觉在最高的灰烬上方

有一只手，接住我的恳求

"那里就是纯净之地
花瓣上没有落尘"

我的颂诗接近一个路口
旧时的马车驶过黄昏
记得我乳名的人，比如邻家姐姐
不会关注这种回归
只有你，母亲
你会在那里等我
你会通过风吹草坡
对我暗示仁慈的莅临

"不会有第三次
那道门只能开启两次
向着光明之地奔走吧
无论是夜晚还是清晨
都要服从风的音讯"

母亲

今天，在有些恍惚的午后
我走在龙子湖畔
我的一侧是一片古老的民居

感觉你在我的前头
对我示意水，水击湖岸
但没有声息

我走向一座红色建筑
那里无人，那里可闻风声阵阵
感觉有些微凉。母亲
感觉你想对我说什么
独自站在建筑平台上
我面对湖水，我倾听
我的耳畔回旋着你的歌谣
那很真切，我在想
你在等待接收我的信札吧
我的感应飘在空中，我看见
一只鸟洁白的翅膀
它低飞，它对我啼鸣

母亲

在这个午后

我自信已经接受你神秘的信息

它来自天空，有一瞬

也就是在飞鸟啼鸣的时候

它停在翅膀上

闪着光泽

"那是珍重与感动

点燃祭火者护着周围的干草

在两座山之间，河流冰封

没有雪，有落叶

随风而动"

母亲

春天就是从那里融化的

春天从那里走出山谷，草就绿了

闪耀光泽的翅膀

通常会出现在这个季节

那个季节通向清明

这是美丽的语词，浸着泪水
那是一缕心香可抵天庭的默念
对故去的亲人，生者跪着问安

"绿茶苦么？在滚烫的净水中
绿茶疼么？你看沉淀与漂浮
绿茶美么？隔着透明的玻璃杯
你听山的声音，绿茶静么？"

母亲
清晨起来，如果我没有见到阳光
我就感觉天空睡着
云也睡着
头顶厚重的铅色像一堵墙
光在高远处
人和树木在低处
水在低处，散落的石头在低处
谁在说，这时刻的大念与路
在低处

在低处

在广大的平原上，稻子熟了
一首诗歌在那里寻找诗人的父母
他们在更低处
低于屋檐和卑微

"年轻的声音说
不要恐惧日暮，我是属于你们的
是你们将我放在时间里
成为记忆的珍珠"

母亲的一滴眼泪穿过午夜的寂静
我在梦里飞
依稀可见巴尔喀什湖
母亲时代的歌谣伴着我
但没有见到歌谣里年轻的智者

总是这样
我在梦中向北飞行
母亲！我需要还一个心愿
比如为你立碑
在碑石上刻下你的名字

也刻下我的名字，这是我的敬奉

"请安静下来
不要惊扰他们，请闭目追忆
他们活着的神情，请在一条
环形路上顺时针行走
想象你的头顶已经出现星辰
身后传来童稚的声音"

这就是最真最深的怀念了
顺时针走，感觉是顺着河流走
跟随阳光走

母亲
必须选择与你告别的语词了
十六年，这是你离去的时间
我在山海原野的气韵中追寻
在你缓慢飘飞的歌谣里
我寻找路径

回家

这利刃般的文字总会将我刺痛
可以描述的鲜红
不仅仅是指血
伤痕也不是切割的口子
母亲！我感觉匍匐
在你离去后山一样沉重的事实里
我甚至恐惧听到亲切的乡音

我所听到的童稚的声音也有源头
那是我在自己人生六十岁这一年
对美好少年的呼唤
顺时针行走
我知道身后有一个少年
他刚刚九岁，他伏在土墙上
看着邻家姐姐渐渐走远
他看见天空幽静
像水一样碧蓝

"在山里
伐木者老了，他丢弃锯斧跪拜群山
祭奠消失的大树

他老泪纵横，不发一语"

母亲
当你成为我梦中的幻象
当我在那里以一颗宽容的心
对待所有的人，我看见你对我微笑
你的微笑像一个少女
干净，美丽，有一些羞涩
我说，我愿意！只要有你
只要你首肯，我甚至愿意献出一切

清晨，我醒来
幻象消失，隔着窗帘
我听到鸟啼
我在光明中回味，我欣慰
在珍贵的幻象中，我有你
我距你那么近，我们的前面
是一条泛着银光的河流

今日雨水
也是元宵节，我与你在前夜相遇

相遇在高山之下，无名河畔
梦里的那些人，亲人们，陌生的人们
都很友善
母亲！像肃穆的告别
在某种巨大的危险中
你示意我走在最前头

我没有退缩
因为有你，我接受另一种宿命
母亲！我没有让你失望
我走在前头，你在我身后
在昨夜梦里的幻象中
你再一次把我拯救

"你们要感知距离
午夜，是什么流过天空
如果你们没有入睡
请听灯光，岁月的眼睛
依然饱含深情"

没有方式

母亲！与你永别，只有痛惜
在北地，只有不语的河流
在时间里跋涉
对于源头，那也是告别
沿岸花开花谢
那也是告别

仿佛置身临界
我的午夜中的山河未曾走远
母亲！我相信你留下了遗嘱
那不是语言，不是文字
那是你在寒夜里注视
张开双臂拥抱最后的时刻
那是你最后的神情突然凝固

那是我的颂诗
在终章部分，我尝试唤醒一个意象
比如手，眼睛，窗子
母亲！就这样告别吧
我将从疑问中走出来
我接受了！你已经

在我难以想象的世界
成为牧羊歌唱的少女

"不要伤害岁月的心灵
那是净水，树木绿草，是蜻蜓
那是万物生长有序，是轮回转世
一切贵重，血液鲜红"

十六年
从那个寒冬到这个早春
我是一个痛失母亲的人
从塞外草原到淮河之滨
我所敬畏的人与时间
在诗歌里存活
我的母亲，那个换上汉服的
蒙古女子，后来学会了耕种

十六年
是她永去的时间，我接受了
在这古老的怀想中
我每天都会更新思念

我描述她的黑发，她的白发

她由青春到年老的过程

她的老年！那雕塑一样的缄默

已经无可解读

曾经离她遥远

如今思念

雨落窗前

"承认吧

她是唯一，她是我们

以作为人子为荣的理由

心中有她，就不会被围困"

母亲

这人世间最温暖的称谓

这最伟大的人

在过去的岁月中

如何改变了我们的心灵

她绝对象征质朴无华的土地与河山

她是浓缩的乡愁

故园四季，她常在家门一侧
望着安静的道路
她等我们回来
她年老的形象，碑一样惊醒我们
时间有情，站在时间深处的母亲
白发如雪，静默如梦，凝望如秋

母亲
我无法选择永别你的语词
想念你！我如此怀旧
我宁愿是那个夜望星空的少年
那个追踪蝙蝠翅膀
渴望破解神秘的少年
那个站在矮墙上
送邻家姐姐出嫁的少年

"跋涉远方前去朝觐的人
在夜里惊醒，他听到异乡的风声
他是一个虔诚的信徒
他相信佛在远处
求佛，是一生的修行

当他在梦中被母亲唤醒

他想到来路，现世

在故园苦苦守望的眼睛"

母亲

该与你告别了！就从今天开始

我送你走远

不要再给我暗示

我已经读懂北地，还有你的歌谣

我已经熟读通往八方的路

沿途的人，风景，习俗

我已知生死一线

这无形的栅栏

比歌谣更古老

母亲

我与你告别，不是放弃怀念

我有梦，你有身影神情

你将在我的颂诗里微笑

无论你年轻，还是年老

我都不会悖逆你的歌谣

那是对漫长岁月的记录
深怀尊崇的心在空中开辟的道路
那是一种鲜花对另一种鲜花
委托的季节，那是红与紫
是白与蓝，是色彩交替点缀的自然
对后来者的抚慰

那也是我诗歌中的魂灵
自由，远大，慈悲
在这样的告别里，天降春雨
母亲，我不会抹去任何印迹
关于你，你的一生
我的旗帜般永恒的飘展
火一样炽热的记忆

"时间到了，夜晚到了
山脊的雪，树木，高处的深蓝
与昨天没什么不同
路上的行人也没什么不同

就将怀念还给怀念吧
将血脉还给鲜红
将时间还给时间
将泛黄的书简
还给箴言"

母亲
只有焚烧,我的信札才会飘向你
飘飞的灰烬里一定有你的声音

念你
我就念我的少年,那么多
有你的夜晚,你的歌谣
那不见羽翼的灵异
让我学会了识别
在那条属于天空的路上
时间留下云和雨雪
留下日月星辰

在你的歌谣中
我最初识别了北斗七星

它们连接，像勺子一样
盈满天光和气韵
那时，我是一个习惯于奔跑的少年
我奔跑，总会感觉有什么在身后追逐
因为北斗的光明
我从未恐惧

母亲
我用十六年时间
给你写了长信，我记录了
在你身边的日子，那个时代的雪与夜
我的萌发于油灯下的想象
最终会归于语言的故乡

在我六十岁这一年
我在敬献给你的颂诗中告别
在如此的静默与感念里
我拒绝仪式，对你
母亲，我只需要这些干净的心语
此刻，在淮河岸边
我谛听，你的大爱在飘飞

仿佛就在我的头顶
那是你的歌谣
我永恒的照耀

"终于降临，你们不要怀疑
在这厚重的天色下
一切都活着，一切接续都有天定
一切消失的，都在轮回中
它们无形，寂静无声"

就这样接近那一刻
母亲！此刻，我没有焚香
我只有诗歌，这水流般的语词
我只有这样的敬奉
这是我的理想，我谛听夜海
长风呼唤你的姓名

我敬奉
闭目感觉这天地，这恩赐与奇异
这视野里的烟雨
在斜坡上移动的羊群

感觉北地的河流正在流向三月
母亲！就这样告别吧
我把颂诗最后的文字呈给高原
像沙地云杉扎下深根
我期待果实，是红色的
接近誓言，也接近怀念

只有这样
我的未来才会离你近些
那种果实不是我，那是时间之眼
在尘埃中保持清澈

"如果可能
就向上走吧！但不可漠视低处
逐渐向上，你会听到不同的声音
你会感觉，原来一切都值得敬畏
在相对的高处，你远眺
原来鹰那么小
它扶摇，几乎触到了
时间边缘的青草"

而世事

那种不见波涛的起伏

一刻也没有止息，人群川流熙攘

一切也没有止息

母亲！你曾经在那里生活

你曾经很少关注三里以外的事物

直到我去了远方

直到你的晚年

你才通过歌谣表达忧伤

你说，远方啊

是不是还有一颗太阳

终　章

母亲

最后，我想给你画一座远山

你在山上，我在山下

马也在山下

我们就这样对望吧

我仰视，母亲，你和圣山就在那里

缅怀也在那里

我不画青草，也不画河流

我会尝试在山顶上方画一片天色

是深蓝，是静

是某种回声

然后

母亲！我就与你告别

我会将你的歌谣传给我的后人

我要让他们学会听懂另一种语言
我会对他们说，你们听啊
这就是辙痕依旧的过去
青草的心智在那里闪耀

在我六十岁这一年
母亲！我穿越一道时光的栅栏
光在两面，风在河岸
我接受了！就这样送你走远

是二月的静夜
母亲！我用十六年时间穿越了伤痛
我写了颂诗，我依托你的歌谣
感知无所不在的灵性
就这样伴随着我
感觉你的身影，在此刻
异常缓慢地飘过夜空

"没有结束
也不会结束

风在风里

时间在时间中。"

2017 年 5 月 14 日母亲节至 2019 年 9 月 6 日夜，写作于合肥、常州、安庆、北京、涿州、雄安、赤峰、宁波、衡水、武汉、长沙、蚌埠龙子湖畔古民居老宅

第十七年

——长诗集《母亲》后记

2003年岁末，母亲在故乡赤峰市元宝山溘然长逝，时年七十三岁。最后一次与母亲告别，是在当日黄昏后，我因事返京。母亲开门，站在门口送我。那晚，上苍没有给我一丝暗示。那是我与母亲的永别。

这一年发生了很多事。在人间，所有的事情都与我们有关。所以，说近在咫尺或离得遥远都没有意义。这一年年初，我的儿子远赴欧洲留学；不久，北京暴发非典。记得，我去某驻华使馆给儿子办相关事宜时，地铁上空无一人。这一年，我写作了《非典时期的书简》。对我而言，这一年最为重要的影响不是生活走到某一个拐点，也不是迷失后的自省与抉择，而是我永远失去了母亲，这个生养了我的人。那是酷寒的高原岁末，我跪着送别母亲，我大哭不止，哭得撕心裂肺。那一天清晨，在古老的仪式里，我暗自发誓，我要以诗歌的形式让母亲复活！或者说，我要让母亲永远活在我的诗歌中。

我迟迟没有动笔。

我在等待一个时刻。这一等，就是整整十四年。

在这期间，我写作并出版了长诗集《帝国的情史》和《仓央嘉措》。我还完成了长诗集《红》。我等待，是因为我未曾感觉到母亲的引领——我需要确认一个方向，以便抵达某个圣境。我从未怀疑，我已故的母亲就在那里。

2017年5月14日，母亲节。入夜，我在异乡合肥。窗外落着雨。我苦苦等待了十四年的那个时刻到了。在这个雨夜，我写作了《序诗》——

    母亲，如今你在一叶草上
    你停留，是清露，也是阳光

    如今你在北地飞雪中
    你不再赶路，你静卧如石

但气息贯通

如今你身在天堂
心在故乡，我是你的一滴泪水
你的小小的忧伤

　　至2019年2月20日夜，在蚌埠龙子湖畔古民居博览园老宅，我写就长诗集《母亲》，计七千余行。是夜，我在心里对母亲说，我写好了，这是写给您的长信，您收了吧！之后，我就放下了。我需要时间。我需要在重读时，发现一些不怎么熨帖的语言。毕竟，这是写给母亲的。此后半年，我写作、编辑了五卷本诗歌选集《在时光沿岸》、短诗集《雪落心灵》，分别由人民出版社、复旦大学出版社出版。此前，我故乡赤峰的文学杂志《百柳》首发了《母亲》(节选)，《海燕》杂志也发了数百行《母亲》，这两家杂志的主编王樵夫、李皓都是著名作家、诗人，对《母亲》，他们表达了应有的尊重。

　　在去上海参加书展之前，我就开始考虑重读《母亲》了。在上海复旦大学，我和我的同学、著名作家、《鄂尔多斯》杂志主编张秉毅谈到《母亲》，秉毅很快决定,《鄂尔多斯》杂志要以专号的形式整体刊发《母亲》;我的另一位同学、著名作家凡一平将《母亲》推荐给了广西师范大学出版社罗财勇先生,得到热情回应。我知道,这是他们对母亲的尊重。于是,在写就《母亲》半年后,我开始重读。

> 生我的人啊
> 你活在这里,你是我的尊严
> 是引领我的经幡
> 让我热爱永恒的风

《母亲》分为九章,分别为遥念、荣誉、天庭、神鸟、接受、净地、歌谣、高处、告别。写作时,我并没有刻意分章节,这些圣洁的语词是在写作过程中突然出现的,是我不能回避的意象,就如母亲的气息。

母亲就在这部长诗的结构里。我等待,除了获得冥冥中母亲的激励,我还需要确立一种通畅的语境。这等于说,我在选择某种与母亲对话的方式。我的母亲出生于贡格尔草原上一个古老的家族,她尊贵的血脉之于我，就是圣河。我希望，通过我的等待和努力，我能开辟出一条亲近母亲的路途，甭管这样的劳作有多么艰辛，我都要实现我在母亲坟茔前发出的誓言。

从写作第一部长诗集《天使书》开始，我就有意回避了长诗写作中常见的叙事部分。实际上，在二十世纪八十年代，杰出的青年诗人骆一禾、海子就已经开始将抒情置于长诗写作的始终了。我深知，这样的写作才有价值。我也知道，这样的写作很累，需要定力心力耐力，需要读者和时间的认同。用骆一禾的话说，写作长诗就如长跑，当你跑到终点时，发现并没有谁伴随。我的理解是，写作抒情长诗是一个孤寂的事业，是对诗歌荣誉的珍重。而理解与认同，就存在于时间中。

《母亲》是我写作的第五部长诗集。

十六年，我始终可以感觉到一种伟大的存在，那是母亲。就如我在自然之怀面对每一棵葱茏的树木，我都会认同轮回的季节一样，对母亲的忆念，她的离去，让我喟叹生命有期。幸亏拥有诗歌，拥有如此充满神意的表述，我们才能感知到触摸，那是轻风吹拂肌肤的直觉，那也是笃定。

十六年，如果没有诗歌的伴随，我就不会接受母亲离去的事实。我写《母亲》，心灵直指一片纯净之地，我在那里找寻，我在那里流连，我在那里实现了再次与母亲交谈的心愿。我写《母亲》，是在失去母亲的世界开辟出一条本来没有的道路，母亲不在道路的尽头，她在道路的中途停下来，进入了另一片家园。这就是我们所说的理想吧！怀念不能没有方式，祭奠不能没有仪式，这就是我写作《母亲》的初衷。

　　关于《母亲》的整体结构，是对话式的，我与母亲讨论了生死；在更多的篇章中，是我对母亲的赞颂。

　　　　在我六十岁这一年
　　　　母亲！我穿越一道时光的栅栏
　　　　光在两面，风在河岸
　　　　我接受了！就这样送你走远

　　　　是二月的静夜
　　　　母亲！我用十六年时间穿越了伤痛
　　　　我写了颂诗，我依托你的歌谣

感知无所不在的灵性

就这样伴随着我

感觉你的身影，在此刻

异常缓慢地飘过夜空

大致如此吧。

关于《母亲》，关于失去母亲后的这十六年，关于我的心路历程，不是一篇短文能够表达清楚的。但我完成了这部长诗，此可视为我对母亲的敬奉吧！

2019年4月1日，我的孙女心好在长沙降生。那一天阳光灿烂。孙女平安降生后，我在长沙街头回望北方，我在心里说，妈妈，我有孙女了！我也成了祖父！您看，生活与生命的接续就是这样，有爱，有责任，有憧憬，也有怀念。那一天，我还在心里说，妈妈，我会永生感激您的赐予，我会像您一样热爱人间，热爱自己的后人，以此承袭您高贵的品质。

感谢李敬泽先生赐序。

感谢吉狄马加先生题写书名。

感谢汪莹纯先生、马国湘先生。

感谢广西师范大学出版社。

感谢凡一平、张秉毅、罗财勇、李皓、王樵夫诸友。

感谢我的图书编辑廖生慧女士、朱筱婷女士。

是为后记。

舒洁

2020 年 6 月 6 日

于蚌埠龙子湖畔古民居老宅